文字有趣，角度特别，情节感人。
这是一本能让孩子迷上诗词的书。

看啊，杜甫笑了

黄梦帆 著

下册

藏在
唐诗宋词
背后的
悲欢离合

团结出版社

图书在版编目（CIP）数据

看啊，杜甫笑了. 下册 / 黄梦帆著. -- 北京：团结出版社，2024.1
ISBN 978-7-5234-0742-4

Ⅰ. ①看… Ⅱ. ①黄… Ⅲ. ①唐诗－诗歌欣赏②宋词－诗歌欣赏 Ⅳ. ① I207.22

中国国家版本馆 CIP 数据核字（2023）第 239543 号

出　　版：	团结出版社
	（北京市东城区东皇城根南街 84 号　邮编：100006）
电　　话：	（010）65228880　65244790
网　　址：	http://www.tjpress.com
E-mail：	zb65244790@vip.163.com
经　　销：	全国新华书店
印　　装：	晟德（天津）印刷有限公司

开　　本：　170mm×240mm　　16 开

印　　张：　31.5

字　　数：　420 千字

版　　次：　2024 年 1 月　第 1 版

印　　次：　2024 年 1 月　第 1 次印刷

书　　号：　978-7-5234-0742-4

定　　价：　86.00 元（上下册）

（版权所属，盗版必究）

下册

| 张　祜 | 他的运气很差，和孟浩然差不多 ……………………001
| 李　贺 | 这个传奇天才，因为名字竟不能考试 …………………009
| 杜　牧 | 这个天才，晚唐拉了他的后腿 …………………………017
| 李商隐 | 诗很美，诗人很苦闷 ……………………………………023
| 温庭筠 | 你怎么可以这么任性 ……………………………………031
| 罗　隐 | 你为什么这么愤怒 ………………………………………039

李白和王维，你们为何互不搭理……………………………047
李白和杜甫，他们代言了多少广告…………………………057
元稹和白居易，不是兄弟也情深……………………………067
杜牧和李商隐，他们怎么了…………………………………075
大小李杜，就是盛唐和晚唐的区别…………………………081
唐诗里的那些"名人"，你是谁……………………………089

宋词·序		097
李煜	我只想写词，为什么要我当皇帝	101
柳永	再失落，还是有人在乎你	107
晏殊	我的运气怎么那么好	117
晏几道	我是上天派来写词的"贾宝玉"	123
李清照	千古才女，又爱又恨的女汉子	129
苏轼	生活给我风雨，我还世界晴空	141
苏辙	下辈子，我还想当苏轼的弟弟	169
王安石	这个"拗相公"，实在太犟了	179
欧阳修	最牛的老师，学生全是大腕	187
贺铸	我很丑，可是我很温柔	195
范仲淹	敢说的他，先天下之忧而忧	203
张孝祥	这个状元有点"拽"	211
陆游	伤心的我，爱你如何	219
杨万里	那个写荷的爷们很刚	227
辛弃疾	勇猛过人，死前拼命喊"杀贼"	235
文天祥	致敬！南宋最后的勇士	243
后记		251

张 祜

他的运气很差,和孟浩然差不多

晚唐的诗人，你可能只知道"小李杜"，其实还有一个一直被看轻了的张祜。

少了他，本来就已经苟延残喘的晚唐诗坛会更加死寂。这个让晚辈杜牧极为欣赏的诗人，有才，却终身寂寞，不被重视。

这一点，像极了盛唐的孟浩然，连张祜自己都说"乡人笑我穷寒鬼，还似襄阳孟浩然"。

唉，我是谁？我就是个穷鬼，我就是当代孟浩然！

在今天，孩子们对张祜大多是陌生的，课本没有收录他的作品，各种吟诵场合也很少出现他的作品。而即使在唐朝，张祜的存在感也不强，不管《新唐书》还是《旧唐书》，都没有介绍他。就是生卒年月也不准确，后人只能靠推测，或生于唐德宗建中三年，或生于德宗贞元年间。

晚唐最著名的诗人有三个：杜牧、李商隐、温庭筠。要是问还有谁可以跟这三大金刚平起平坐，答案一定是张祜，凑够晚唐诗坛的"四大金刚"。

所谓"凑够"，要说有点勉强意味的话，也只能说名气不足，论

张 祜

诗歌成就，他绝对是够格的。到今天，他仍然有五百多首诗保存下来，《全唐诗》就收录349首。

这个人称"张公子"的诗坛才子，从小生活在显赫优越的家庭环境。只不过，个性清高的他不屑于科举考试，不屑于求人，这样的性格注定了他人生路上困难重重。

早年间，张祜喜欢游山玩水，陶醉于江南秀色之中，于是寓居苏州。有一天，他谒见淮南节度使李绅。李绅是谁？就是写"锄禾日当午"的那个大官兼诗人！

"李相公好，我叫张祜。"

施礼之后，张祜可能觉得这样的自我介绍过于平庸，又冒出一句："本人还有一个号，叫钓鳌客。"

"哦——"李绅眯着眼打量了一番张祜，微笑着问："小伙子，钓鳌是不简单哟，告诉我，你打算用什么做钓竿呀？"

"用彩虹！"为了显示不一般，突出与众不同，张祜信口就来。

"嘿，不错呀，有李白的气魄。"李绅大笑，眼前这小伙子毕竟不同于那种呆呆的读书人，思想活跃，有意思。于是又问："有了钓竿，那要什么来做诱饵，才能让鳌上钩呢？"

张祜让李绅的口头、肢体语言所鼓励，已经有点忘乎所以了，干脆就玩更大的。

"我用短李相公来做诱饵。"

一言既出，石破天惊。

用李相公做诱饵的说法已经很大胆了，他居然还在"李相公"前加个"短"字！因为李绅长得五短身材，朝廷内外有"短李相公"的外号。

接下来并没有发生什么"大事",李绅没有计较,反而觉得这年轻人有气势,很赞赏,临走前还送了他一些礼物。

李绅没有怪罪,不等于张祜的做法值得鼓励。从一定程度上看,也许正是李绅的态度,让张祜的内心开始膨胀。

确实,他接二连三的,就栽了跟斗,而且基本是爬不起来。

张祜所处的年代跨越了中唐和晚唐,所以他和中唐的历史人物也有交集。

张祜是个高产的诗人,质量也很高。有才的人当然是受到关注的,太平军节度使令狐楚非常欣赏他(令狐楚是谁?他是李商隐的伯乐、老师,如果不是他发现并挖掘,可能李商隐就没有后来的诗人地位。由此可见,他是个爱才的人,没有什么偏见)。

有才的人就应该为国效力,令狐楚于是找到张祜,又请人抄好他的300首诗,择日送到朝廷。他专门为此给唐宪宗上奏,大意说张祜很有才华,流落民间还笔耕不辍,写了很多有见地的好诗,希望皇上纳用。

踌躇满志,张祜来到长安,满怀希望。他写了一首《京城寓怀》,孤傲而又充满渴望:

三十年持一钓竿,偶随书荐入长安。
由来不是求名者,唯待春风看牡丹。

——张祜《京城寓怀》

皇上对着一大沓诗歌浏览了一下,觉得似乎写得不错,不过专业的事情还是交给专业人吧,他一转手就将这一大堆纸交给宰相元稹,

张祜

他最有发言权。

元稹一目十行,面无表情。

皇上瞅着他,满脸写满问号。令狐楚这个翰林学士、文学家难道会推荐一个白痴?

"张祜雕虫小巧,壮夫耻而不为者。若奖激太过,恐变陛下风教。"半晌,元稹捻着胡须,煞有介事。唐宪宗颔首不语,对诗歌,他或者懂,或者不懂,但权威面前,皇帝有时候也是要尊重、服从的。

元稹的意思很明显,就是说张祜的诗歌登不了大雅之堂,都是雕虫小技。这样的作品,皇上要是提拔重用,会影响以后社会导向。

对张祜毫不留情,有人说是令狐楚的缘故。元稹对令狐楚朋党深恶痛绝,对他举荐的人自然不可能看上。令狐楚或许是原因,但应该不是全部,从他的《京城寓怀》来看,"由来不是求名者,唯待春风看牡丹。"写得真不谦虚,你一个什么都还不是的人,怎么就把自己当成牡丹,只等"春风"来"看"呢?

官场水太深,张祜只知道元稹对他说"NO",却不一定知道其中的关系。

举荐的路被堵死了,那就老老实实去参加科举考试吧。

要获得进士考试的先机,获得解元(乡试第一名)很关键。当时白居易在杭州做官,如果能通过白居易取得解元,又成为他的知音,那就好上加好了。那时候,很多人都跑到杭州取解元,张祜也随着众人来到。

过关斩将,最后只剩下张祜和一个来自富春的徐凝"PK"。

很遗憾,最后的结果张祜输了。

从斗诗的过程来看,我相信徐凝更胜一筹,这个结果没太多问题。

可是很多人针对白居易和元稹的老铁关系浮想联翩，都觉得元稹拒绝张祜，他的兄弟朋友又怎么会接受张祜呢？

反正，张祜非常失望。

不过说到宫怨诗，张祜可是一绝。

《宫词二首》是最出名的，"之一"尤甚：

故国三千里，深宫二十年。

一声何满子，双泪落君前。

——张祜《宫词》

前两句用稍微夸张的手法，将宫女的辛酸描写得让人唏嘘不已。

诗歌写了一个悲伤的故事。

唐武宗时期，有一个受皇上宠信的才人孟氏，唱歌很好听。美好的日子在武宗病重之时戛然而止。

有一天，孟才人在唐武宗的病床旁伺候，皇帝在又一次疼痛过后，开口试探："我恐怕不行了……你打算去哪里呢？"

孟才人何等聪明，她知道皇帝在暗示为他殉葬，这样的结果逃不掉的，纵然心里有一万个不愿意，但又能如何呢？只好强忍悲伤，小声说："若陛下真的万岁了，我也随陛下去吧，继续伺候陛下。"

唐武宗对孟才人的回答不置可否，正是他想要的结果。于是令她在病榻前再唱一次《河满子》，唐玄宗开元时期，沧州有个歌手叫作何满子，犯了死罪，即将行刑的时候，她希望能够用一首曲子赎罪，但还是没有得到赦免。后来人们把这首曲子命名为《何满子》，开口

张 祐

就是断肠声，非常凄冷。

孟才人放声唱出曲子，声调凄咽，那简直就是唱给自己啊，旁边的听者无不纷纷掉泪。

几天之后，唐武宗驾崩，孟才人不久也死去。

孟才人的故事传出来，张祐唏嘘之余，为孟才人写了三首诗。

这个故事的真实性应该没问题。张祐大概在公元850年左右去世，而唐武宗公元846年驾崩，也就是说，这首诗面世几年后张也步其后尘而去。有人说《宫词》是张祐年轻时候所作，因此名声大震，由此信心满满到长安，由令狐楚举荐给皇上。这就是瞎扯了，那时候执政的还是唐宪宗，中间还隔着三个皇帝呢，怎么会有孟才人殉葬唐武宗的故事？

不管怎么说，《宫词》奠定了张祐的诗坛江湖地位。

欣赏张祐的人除了令狐楚之外，还有鼎鼎有名的杜牧。他的经历和张祐有点相似，非常欣赏，非常同情他。

可是杜牧本人官小言微，他也无能为力，只能通过诗歌来抒发内心不平。

《宫词》让杜牧叹为观止，为此他写了一首诗《酬张祐处士》，里面写"可怜故国三千里，虚唱歌词满六宫"。可见这首诗已经传进宫里，到处让宫女传唱了。

杜牧比张祐小了20岁左右，属于晚辈了。他写的《登九峰楼寄张祐》，用很多笔墨表示了对张祐的赞誉。

睫在眼前长不见，道非身外更何求。

谁人得似张公子，千首诗轻万户侯。

——杜牧《酬张祜处士》

元稹的打压，白居易的视而不见，让杜牧很不满，但他没有能力让张祜改变命运，只有通过诗歌发泄内心的不满。

而张祜自己呢，他确实一点都不如意。举荐不行，科考受阻，无奈开始游历生活，一边和杜牧等好友喝酒论诗。

不觉年老，张祜选择在丹阳（今江苏丹阳县）住了下来，筑室种植，模仿世外桃源的隐居生活。

这一幕，熟悉孟浩然经历的都知道，张祜的人生轨迹像极了孟浩然——都是满怀希望入仕，都是满怀失望归隐。当然更有一点，他们都写出了传世之作。

有意思的是，张祜有一次经过扬州的时候，眼前的灯红酒绿让他兴奋不已，写下这首著名而又有点诡异的诗：

十里长街市井连，月明桥上看神仙。
人生只合扬州死，禅智山光好墓田。

——张祜《纵游淮南》

一语成谶，张祜后来果然在扬州去世。这首诗也让人说是"谶诗"——其实也就是为了增加话题的缘故吧，张祜写了那么多诗，一不小心，总会有一些诗歌"碰巧"的——不过话说回来，一个明星，任何点滴都可能成为话题，何况张祜呢？

李 贺

这个传奇天才,因为名字竟不能考试

在初唐,"初唐四杰"之一王勃英年早逝,留下灿烂的《滕王阁序》。到了中唐,当人们感叹天下好诗已随着李白杜甫们的离去而消失殆尽的时候,天降英才,一个叫李贺的诗歌鬼才横空出世。

可就在人们津津乐道这个后来被称为"诗鬼"的天才时,他却"唆"的一声消失了。

27岁!和王勃一样,都只活了27年!

写李贺,绕不开他的祖先。

李贺的远祖是唐高祖李渊的叔叔郑王,妥妥的皇室。随着一代代的繁衍,这个分支离皇室越来越远。不过也因祸得福,武则天时代,肆意屠戮唐李宗室,竟然没想到还有李贺远祖的那条支线。

就这样,到了李贺父亲李晋肃这一代,李家已经成了普通的平民,和寻常百姓没有两样。

公元790年的一天傍晚,李家一片忙碌。天要黑的时候,一声

李 贺

清脆的哭声之后，接生婆走出房间，笑容满面告诉等候在门口的李晋肃："恭喜了，是个男娃！"

抱起初生娃，满心欢喜的李晋肃皱起了眉头。他的这个娃，体型细长，眉目并不清秀，相反却给人一种晦涩的感觉。

他需要的是一个阳光的孩子，一个有才气、顶天立地的男儿。没落贵族的境遇，让他把重振家业的希望寄托在孩子的身上。但，眼前这孩子似乎不是这样。

不过他没有想到，就是这个孩子，很快就展现出非一般的诗歌天赋。刚学会读诗书，就会冷不防冒出一句诗来，虽是胡诌，却往往让人惊讶。再大一点，他真的能够自己作诗了，就真的轰动了周遭。

有个故事是这样说的。随着李贺的名气不胫而走，很多人都知道老李家那娃了不得。7岁那年，韩愈决定亲自去看看这娃，试一试他的诗才。

李贺并不怯懦，反而眨着他那双细长的眼睛，不笑不说，静静地望着来客。在小孩儿的眼里，哪里有什么文坛领袖的概念？但是他宠辱不惊的淡定模样，倒是让父亲心里划过一阵不踏实。

略一思索，李贺念出一首《高轩过》：

华裾织翠青如葱，金环压辔摇玲珑。

马蹄隐耳声隆隆，入门下马气如虹。

云是东京才子，文章巨公。

二十八宿罗心胸，九精耿耿贯当中。

殿前作赋声摩空，笔补造化天无功。

庞眉书客感秋蓬，谁知死草生华风。

我今垂翅附冥鸿，他日不羞蛇作龙。

  天啊，这真的是 7 岁孩子随口而出的诗歌吗？诗歌最后两句"我今垂翅附冥鸿，他日不羞蛇作龙。"表达出来的远大志向，甚至都可以媲美李白了。

  有考证认为，这不是李贺 7 岁的作品，而是 20 岁的时候写的。

  骆宾王六岁写的"鹅鹅鹅"，似乎没人不信，毕竟这作品童言童语，没有一个字不是孩子的话。但是《高轩过》就不是了，从头到尾全都是大人的措辞，就算他的诗才超越了骆宾王，也不至于这么"早熟"啊。

  现在的小学生作文，有些孩子不懂怎么回事，遣词造句很是老练，这个"老练"不是说熟练程度，而是大人的味道相当浓，完全没有儿童该有的天真、活泼。什么年龄就该有什么样的语言。学大人说话的孩子可能让人称奇，但绝不可爱。

  虽然相信李贺是天才，但更相信《高轩过》是他 20 岁创作的说法。青年人积极向上，写出成熟的措辞是合理的。

  关于《高轩过》的说法，这个版本应该比较靠谱。

  18 岁那年，心气很高的李贺带着诗作拜访韩愈，希望得到文坛领

袖的认可，从而为科举考试做准备。就是那一次，他创作了著名的代表作：

> 黑云压城城欲摧，甲光向日金鳞开。
> 角声满天秋色里，塞上燕脂凝夜紫。
> 半卷红旗临易水，霜重鼓寒声不起。
> 报君黄金台上意，提携玉龙为君死。
>
> ——李贺《雁门太守行》

边塞诗是唐诗的瑰宝，李贺写出来的，却不是高适岑参的风格。气势压人，让人喘不过气来的压迫感，用词色彩瑰丽，同时又很诡异，非常特别。就是这首诗打动了韩愈，所以两年后，韩愈特意上门回访，于是便有了《高轩过》。

得到韩愈的认可，在当时无疑是一种荣耀，让李贺踌躇满志，对即将到来的科举考试充满期待。

然而会试过后，成绩优秀的李贺却被当头一棒，他收到一个不敢相信的坏消息：没资格参加殿试！

震惊之下，李晋肃父子俩无言以对。李晋肃一遍遍捶打自己的脑袋，他恨自己，恨自己害了孩子。

原来，有人举报李晋肃的名字和"进士"谐音，儿子如果不避讳，非要考进士的话，那岂不是对父亲大为不敬？面对官府的调查，李晋肃哑口无言，说不出一句话。

别说名字只是一个符号而已，在古代，父亲这么一个普通的名字却夺去了儿子的前途，实在是取名无小事啊。

一打听，原来是有人恶意举报搞的鬼。因为李贺实在太优秀，名声在外，还得到了文坛领袖的支持，科举考试中榜的概率很高。这让一部分人寝食难安，一旦李贺考中，尤其是考中状元的话，以后在朝中势必掀起风浪，这就会影响他们的仕途，抢了他们的饭碗。

有些说法，说搞鬼的是元稹，那个和白居易齐名的诗人。原因说是李贺之前对元稹不敬，对他的明经科进士出身嗤之以鼻，元稹由此怀恨在心，在科举考试报名审核的时候故意使难。不知道是否真有此事，也难说，元稹的人品不怎么样，甚至有"渣男"之说，谁敢说不是呢。

韩愈听说此事后大为震惊，非常不满，写了一篇《讳辩》来声援。说这真是无稽之谈，质问叫"李晋肃"就不能考进士，那如果名字里面有个"仁"字，是不是连人都不能做呢？

可是没用，结果无法改变！

李贺郁闷难当，只好收拾行囊回家。而可怜的是，他那自责的父亲，受到这样的打击后一病不起，不久就撒手人寰。

理想破灭，李贺无法衣锦还乡，郁郁寡欢。

身体本来就很瘦弱，科考变故和父亲突逝的双重打击让他难以承受。好在韩愈很同情他，在他的帮助下，总算谋到一官半职，但总是做得不尽如人意。

| 李 贺 |

几年后,李贺咬牙离开长安,这个梦想中繁华的地方不属于他,在这里找不到立足之地。

离开的时候,心里是酸楚的,触景生情,写出了一首《金铜仙人辞汉歌》:

茂陵刘郎秋风客,夜闻马嘶晓无迹。
画栏桂树悬秋香,三十六宫土花碧。
魏官牵车指千里,东关酸风射眸子。
空将汉月出宫门,忆君清泪如铅水。
衰兰送客咸阳道,天若有情天亦老。
携盘独出月荒凉,渭城已远波声小。

——李贺《金铜仙人辞汉歌》

不知道你看到了吗?"天若有情天亦老"这个千古名句就出自这首诗。这句子,历代的文人雅士竞相去对出下一句。宋代石曼卿对出"月如无恨月长圆",元代元好问对出"世间原只无情好"。到了近代,我们从电视剧看到了"天若有情天亦老,人间正道是沧桑"。看吧,李贺随手一写就是流芳千古的名句,不是天才是什么?

离开长安,李贺还做过三年的军队幕僚。这时候,他瘦弱的身体已经开始撑不住了,终于在结束幕僚工作后,坐着瘦驴回河南老家,边走边歌……

强撑回到老家，李贺的生命也结束了。

27 岁，李贺经历了很多人没有经历的传奇。归根结底，那是时代的悲哀。一个人即使是天纵奇才，没有发达、包容的社会，也注定很快湮没在世俗的烟尘里。

杜 牧

这个天才,晚唐拉了他的后腿

恐怕没有人会反对，杜牧是少有的才子。

如果生在盛唐，他可能是个军事家，可能是个发明家，或者画家，甚至音乐家……

很遗憾。晚唐就像一座即将倾覆的大厦，人人自危的年代，谁在乎你有什么才华？

多你不多，少你不少。杜牧的悲哀，就是晚唐的悲哀。

杜牧的出身，太多人望之莫及——爷爷是宰相，老爸是高官。

尽管10岁的时候，爷爷、父亲就相继离世，家道中落。但是多年的望族积累，人脉太广，影响力还是大得很。

23岁，凭借石破天惊的一篇《阿房宫赋》，年轻的杜牧圈粉无数。大家纷纷点赞，相门之后，真的不一般。

26岁科考，有人向主考官提议可以预定杜牧的状元之位，得到的答复，是"已有内定"！榜眼？也还是有人定了！探花？也不行！但即使如此，挤上进士榜第五名，主考官还是能给这个面子的。

不要质疑杜牧的才华，要质疑就质疑当时的科考制度，到处都在拼爹拼人脉，才华是第二位的。要是像现在的高考制度那么公平，他闭着眼睛都可能考得比谁都好。

而且，杜牧绝不是只靠几篇文章，几首诗"走江湖"的。除了诗文，他的才华，完全可以用"多才多艺"来形容。

杜 牧

他绝对是个书画家。他的书法写得怎样？你去故宫博物院看他的《张好好诗并序》，那可是国宝。据说他的书法沿王羲之一路，造诣一流；他的画，临摹顾恺之画的维摩诘像是代表作，连宋代书画天才米芾都赞不绝口，不惜用"精采照人"来夸。

他绝对是个军事天才。他曾经给宰相李德裕出谋划策，这就是有名的"献计平虏"，大获全胜。他还兴致勃勃地给《孙子》写注解，一写就是13篇。要知道，能给《孙子》写注解，影响最大的也只有曹操了。有理论，有实战，杜牧的军事才华可真不假。

他很可能会成为一个发明家。要是在太平盛世，我猜杜牧一定很沉迷于他的发明创造。《考工记》是中国春秋时期记述官营手工业各工种规范和制造工艺的文献，专业性很强。可是杜牧居然像给《孙子》注解那样，也对《考工记》"下手"了——写了很多注解！你说啊，如果对制造工艺不感兴趣，没有很深的体会，他凑什么热闹啊！

另外，他的围棋水平也很高。有多高的水平？据说基本上就是大唐国手的水平。这样的说法就算有水分，但总不会很低吧。此外，有关记载中写到，有朋友给他寄笛子。远寄乐器，说明他对音乐最起码是感兴趣的——但是你想想，只要杜某感兴趣的东西，都鼓捣得有模有样。看来，他的音乐造诣也是不低的……

一身才华的杜牧，生在哪个时代就是哪个时代的幸运。只是，我们只能叹息，他偏偏生活在晚唐，一个风雨飘摇，行将就木的朝代——就算在中唐，也不至于那么悲哀啊。

晚唐，实在是内忧外患——外面藩镇割据，内部党派厮杀。在那个时候当官，恐怕真的是没能睡个安稳觉。

乱世中，文人的作用可能不大，这个时候更需要的是军事。杜

牧一定是有驰骋沙场的梦想的，否则他研究军事干吗？他潜心钻研兵书，而且确实也在实战中证明了他并非纸上谈兵而已。

可是他的一腔爱国热情，并没有人真正欣赏，没有人敢使用他。为什么？原因是牛李党争太可怕了！

在当时，牛李党互撕得很厉害，谁也不是好惹的角色。而牛党领袖牛增儒很欣赏杜牧，授予他重要的官职。尽管杜牧并没有实质性地站队牛党，但是李党的人看在眼里，肯定理所当然认为他是牛党的人，从而抗拒他。尽管李党一号大哥大李德裕曾经重用杜牧，并尝到了他军事才华的甜头，但一涉及党派，谁不忌惮呀。

杜牧的爷爷、父亲尽管已故，但影响力也还是有一些。所以，实力更强势的李党，也并没有对杜牧很过分，只是压着他，不给他冒头罢了。当然，杜牧并没有做什么对李党不利的事，毕竟他本来就两边都不站队。

这样一来，两边都不敢用，都冷冷看着他。杜牧的军事梦想，彻底被架空；其他的才华，更不用想了——除了诗歌被拿来抒发内心感情之外，什么发明制作、围棋、音乐，全都遭受无视。

就问你，这样"无所事事"的杜牧郁闷不？

一身才华无处施展，真是时代的悲哀。

杜牧有一首并不是很出名的诗，写出了人到中年的无奈。他的"人到中年"，跟我们现在的情况当然不同，在那时候，别说杜牧的中年，全国的中年想必都是无奈的。

有个江河日下，摇摇欲坠的国家，哪个中年人躲得开？

> 满眼青山未得过，镜中无那鬓丝何。
> 只言旋老转无事，欲到中年事更多。
>
> ——杜牧《书怀》

杜牧

杜牧说：这么多青山绿水，都还没来得及好好欣赏，居然转眼间就老了。小时候挺多事的，原以为快点长大就轻松了，想不到人到中年烦心的事更多了……

是啊，他怎么不烦呢？想做一些实事，可是没人理会啊。

公元833年，杜牧第一次来到扬州。欣赏他的牛增儒，让他做节度使府掌书记。

这时候的杜牧，已经笼罩在牛李党争的阴影下。虽然扬州的工作也挺不错，但距离自己的理想很远，他无法实现自己的宏图大志。

感觉怎样都无可奈何，杜牧开始在灯红酒绿中寻求寄托。繁华的扬州，张开怀抱拥抱了他。

既然仕途多舛，理想太遥远，那干脆就放浪自己吧。

天天出入风月场所，杜牧感觉这样的生活实在太享受了。什么理想，都一边去吧。

牛增儒看着杜牧的变化，既生气又心疼，可是他明知道牛李党这病根，却无能为力。于是，他偷偷派人跟踪杜牧，暗中保护他。他有点担心，这样瘦弱的风流才子，身体如何扛得住？

想想挺悲哀。一个有抱负的诗人，明明心怀报国之志，却被逼得放纵自己。

公元837年，已经离开扬州两年的杜牧，回到老地方检查工作。站在繁华的街头，那花那景那人，仍然让人怦然心动。

在一个小酒楼坐下，楼下楼上有歌舞的声音，一切如从前一样。

杜牧却感慨起来。人生短短，我竟然曾经在扬州过着怎样的生活！回首昨天，实在不堪啊。

他想起了当初离开扬州前的一天晚上，牛增儒和他喝酒。酒到酣处，老牛红着脸，盯着杜牧看："小杜啊，我早该提醒你，不要太放

纵自己……"

杜牧脸红了，嘴上却硬着："哪有啊……没有的事……"

牛增儒哗啦一声打开一个盒子，里面堆着很多小纸条。杜牧惊讶地取过来看，竟然写的是杜牧出入各种场所的名字、时间。再看其他纸条，也都如此。

牛增儒哈哈大笑，杜牧涨红了脸。

呵呵，真是讽刺啊。一挥而就，《遣怀》诞生。

> 落魄江南载酒行，楚腰纤细掌中轻。
> 十年一觉扬州梦，赢得青楼薄幸名。
> ——杜牧《遣怀》

诗歌写得很清楚——"落魄江南"。最经典的"十年一觉扬州梦"，他是恨自己吗？是在反省自己吗？扬州的生活，其实就是两年而已，但是在他看来已经有十年之久，这样的生活，今天看来就像做了一场荒诞的梦。

可笑的是，扬州两年，没有做出什么有意义的事，倒是喜提一顶"负心郎"的帽子，呵呵！呵呵！！

唉，别人都这么嘲笑我，谁又真正懂我呢？我也不想这样，可我又能怎样？也只有灯红酒绿才能抚慰我的内心啊。

如果，如果再给我扬州生活的机会，还会不会再如从前呢？呵，也许不会，也许越陷越深，我哪里敢说呢，我也不是很坚强的人……

15年后，49岁的杜牧重病不治，离开了人世。据说死前，他将文稿的十之八九付之一炬，只留下十之一二传世。

一声叹息。如果不是积怨太深，又如何会心如死灰呢？不然，今天读到的小杜诗篇，还会有更多。

李商隐

诗很美,诗人很苦闷

随着唐朝的没落，唐诗也从盛唐的鼎盛一步步衰落，到晚唐的时候，再也没有百花齐放的诗坛盛景了。就像一坛烈酒，在不断地兑水之后慢慢趋于变淡。

不过，颓废的诗坛上，仍然有让人不可忽视的诗歌力量，代表人物之一就是李商隐。

就是那个写出"春蚕到死丝方尽，蜡炬成灰泪始干"的情诗，却被现代人借来歌颂人民教师的牛人。

而另一首唯美得千转百回，让人吟诵了一千多年的《夜雨寄北》，世人在无数次回味的同时，却始终傻傻分不清，这是写给妻子的情诗，还是写给发小的友情诗？

然而不管写给谁，你不一定知道的是，李商隐也许是最苦闷的唐朝诗人，没有之一。

巴山的初秋，雨一下就没个停。窗棂紧闭的旅馆房间，孤灯如豆，烛焰轻轻摇动。窗外，雨水下得正酣，屋檐的水哗哗直流。几步远的地方，树影摇曳，锦簇的鲜花都消失了颜色。

李商隐出神地望着窗外，以至于灯烛都暗下来了也浑然不觉。

| 李商隐 |

来到巴山，算算已经两个多月。唉，谁知道什么时候才能回家呢。可是你老是问，问得我不知所措，你要我怎么回答你才好呢。

心，好累！

眼看灯烛就要灭了，李商隐回过神来，坐直身子，取过剪刀，一剪一挑，灯焰立刻又欢快地雀跃起来。唉，那些一起凭窗聊天，一起轻剪烛花的日子，什么时候才能回来呢？

公元851年9月的那个雨夜，若干年后李商隐也许想不起太多细节了。可是一千多年来，不知多少人的脑海里一直在回放着这一幕。那个独坐窗台的李义山，还有他没有写出来的，诗句中提到的那个朦胧的身影。

在秋天，不管何时何地，似乎总那么轻易地上演一个美丽而忧伤的片段。秋雨很美，很美的秋雨又总能唤起隐藏在内心某个角落的忧伤。李商隐的《夜雨寄北》就是在这样的雨夜缓缓流出，忧伤了自己，惊艳了岁月。

君问归期未有期，巴山夜雨涨秋池。

何当共剪西窗烛，却话巴山夜雨时。

——李商隐《夜雨寄北》

短短28个字，李商隐写出一幅美哭了一千多年的图画。

可是，就在我们一直以为那是一首情诗，是写给他妻子的时候，历史却给了我们一个凌乱的难题——写这首诗的时候，李商隐的妻子王氏已经去世了几个月！坚持认为是写给妻子的专家认为，在交通、

信息不方便的那时候，王氏的去世，李商隐不一定能及时获悉。但如果这样说法成立的话，或许诗歌的题目真的会如同专家们说的那样，应该叫《夜雨寄内》，而不是寄北。

可万一不是呢？李商隐有一个交情很深的干哥哥，叫令狐绹，一个又是朋友，又是兄长，期间还掺杂了各种爱恨情仇感情的人。

诗歌的题目是《夜雨寄北》，"北"指的是都城长安，当时令狐绹在长安当宰相呢，难道不是写给他吗？

可是……

要是写给妻子，如此缠绵悱恻的思念，融在凄美的秋雨中非常应景；要是写给发小，也未免太细腻恬淡，未免太过纤弱了吧。

一个字，"乱"啊。

这样的争论一直是有的，但是诗歌的意境写得实在太让人叹服，到今天，更多的是宁可沉醉在诗情中。至于写给谁，似乎又不是最主要了。

令狐绹是谁？一个和李商隐没有血缘关系的人，怎么彼此间就有那么深切的关系？

话得从李商隐的少年说起。

很小的时候，当官的父亲去世，母亲把李商隐带到了洛阳。生活很是艰难，靠给人家抄书、舂米度日。

生活再艰难，聪明的孩子就像雨后的蘑菇一样，那聪明劲儿想压都压不住。李商隐一不小心就出口成章，还写出了不少像模像样的诗歌。这让周围的百姓很是好奇、惊讶，都说这孩子一定是文曲星下凡，否则怎么可以那么厉害。

| 李商隐 |

十几岁的时候，李商隐得到洛阳一个大官的赏识。这个大官叫令狐楚，据说可是洛阳城顶大的官了。为什么赏识他，令狐楚坦言说他看过李商隐写的文章、诗歌，非常棒，断言以后一定大有出息。

在令狐楚的府中，李商隐认识了他的儿子令狐绹。令狐绹比李商隐大十来岁，但是丝毫不影响两个人成为朋友。在生活上，令狐绹以大哥的身份给李商隐以帮助，不过在学识上，令狐绹要逊色不少。

这样的孩子，如果再加以培养，一定进步更快。令狐楚打算收李商隐为徒。一说，李商隐正巴不得呢，一口答应。好学的孩子，总会珍惜每一个学习的机会。

这样，在唐朝号称骈文写得最好的令狐楚，成了李商隐和令狐绹的老师。

李商隐的天赋实在太高了，令狐老师一点就通。今天，我们都知道李商隐是诗人，其实他本来就是骈文大家啊，非常厉害的。这都亏了令狐楚的悉心教诲——确实，令狐楚喜欢李商隐，甚至比自己的儿子都亲。后来，令狐楚甚至把自己身后事的墓志铭撰写任务交给李商隐，完全把儿子撇在身后。

开成元年，李商隐再次参加科举考试。他心里几乎都有阴影了，因为之前四次考试全都落榜，这一次他很担心还是这样。他很清楚，科举考试除了能力，还要需要人脉，他一介农家孩子，哪里来的人脉。

他想到了早就朝中为官的令狐绹。令狐绹毫不犹豫，帮李商隐打通了很多关系。当年考试，李商隐果然高中。令狐绹已经把李商隐当成了自己的兄弟，李商隐呢，自然非常感恩。

对令狐楚的伯乐之恩，李商隐感恩戴德。因此还特意写过感谢诗

《谢书》。

> 微意何曾有一毫，空携笔砚奉龙韬。
> 自蒙半夜传衣后，不羡王祥得佩刀。
>
> ——李商隐《谢书》

令狐楚去世后，李商隐去了甘肃泾州。

这个时候，又有一个非常欣赏他的大官出现了——王茂元。

寄人篱下的生活毕竟不爽，更何况令狐楚去世了，他很没有安全感。既然现在另有大树依傍，为什么不呢？

令狐绹有点惊讶，因为当时朝廷中党争非常严重，"牛党"和"李党"争斗了很多年，那是你死我活的状态。令狐楚属于牛党，王茂元属于李党。令狐绹想不明白李商隐的行为，去投靠李党，那不是和我死去的爹作对吗？

王茂元实在太欣赏李商隐的才华，觉得这样的人才不可多得，将来绝对大有作为。于是，想都没多想，老王直接就将小女儿嫁给他了。

这下可好，本来投靠李党就让人不畅快，竟然还和李党的人结亲，那不明摆着断绝和令狐家的关系吗？

令狐绹心里不舒服，但他是个情商很高的人，本来和李商隐的兄弟感情就很深，面对这样意想不到的变故，他也没有对李商隐怨恨。在他内心深处，李商隐就是他的小兄弟，父亲要他好好照顾这个弟弟，他不敢忘记。

他知道李商隐的难处，他是个好人，为了生活，他迫不得已。

但是生活对李商隐还是残忍了点。没过几年,王茂元死了。遮阴的大树轰然倒塌,何去何从?

没有靠山的李商隐只好带着一家人,到处找工作……

而此时的令狐绹官运亨通,后来还当上了宰相。

困顿中,李商隐想到了令狐绹,犹豫再三,他给令狐宰相写了封信,希望干哥哥帮他找一份工作。

李商隐怎么会不犹豫呢?这些年,离开令狐家,又和令狐家的死对头结亲。尽管令狐绹没有跟他说过半句反对的话,但心照不宣,彼此都各怀心事,已经很少联系了。这个时候,令狐绹会怎么想?会不会压根就不再理会他这个人。

那个飘雨的晚上,令狐绹如约和李商隐在一个茶楼见面。

多年未见,令狐绹的出现让李商隐之前所有的忐忑一扫而光。氤氲的茶香中,两人的交谈恬淡、真实。没有奉承的虚伪,也没有高高在上的趾高气扬。

李商隐把生活的窘迫全盘托出。

"贤弟,放心吧,回去我就帮你搞定工作。"

令狐绹很快就给李商隐安排了工作。

但即使如此,李商隐仍然夹在两党争斗之间,左也不是,右也不是,谁都嫌弃他。每天活在说不出的卑微中,生活对他来说太无奈。令狐绹不嫌弃他,最困难的时候伸出援手,但越是这样,他越是觉得对不起令狐家。

又过几年,西川节度使的柳仲郢向他发出邀请,李商隐于是到西南的四川做判官。

在这里，他度过了五年的安静时光。也就是在那时候，李商隐写下了唯美的名诗《夜雨寄北》

人是懂感恩的动物，人也是最念旧的动物。令狐一家对自己那么好，如果没有他们，今天也不知道在哪里呢……但是……但是，生活中有太多的身不由己。

可恶的政党之争啊！

再后来，苦闷的李商隐在洛阳逝去。很年轻，才45岁。

回头再品味《夜雨寄北》，你是不是和我一样，在唯美的意境中一声叹息。在古代，知识分子的命运如同汪洋中的一叶扁舟，起落生死都由不得自己。至于诗歌是写给妻子王氏还是写给令狐绹兄弟，似乎不重要了。

| 温庭筠 |

你怎么可以这么任性

喜欢追剧的你，《甄嬛传》不陌生吧？主题曲唱的"小山重叠金明灭，鬓云欲度香腮雪。懒起画蛾眉，弄妆梳洗迟……"便是花间词派鼻祖温庭筠写的《菩萨蛮》。

但凡被称上"鼻祖"的人，都不是一般的厉害。

就连文坛顶级人物苏轼都对温庭筠的诗歌赞不绝口，称"鸡声茅店月，人迹板桥霜"是绝句。

可是围绕着温庭筠的，除了美妙的诗词，还有"任性"的话题。

到底有多任性？有人这么总结温庭筠：智商一流，情商不入流。

要说出身，温庭筠绝对有吹牛的资本。唐太宗时期的宰相温彦博是他的先祖，多么闪耀的宰相之后啊。可惜到了他父亲这一代，家道中落，已经不复辉煌。

父亲希望这个儿子能重振家声，于是给他起了个"歧"的字，想让他卧薪尝胆，从李白的"多歧路，今安在。长风破浪会有时，直挂云帆济沧海"获得动力。可惜，温庭筠才8岁父亲就死了。这个家，一下子就风雨飘摇起来。

不得不说，虽然不幸，温庭筠还是得到了命运的眷顾。他父亲生前好友段文昌非常仗义，收留温庭筠，把他带到杜陵，和他的儿子段成式一起读书生活。在段家，温庭筠生活了11年，一直到段文昌去世。甚至之后，他和段成式结为儿女亲家。

对段家的恩情，温庭筠没齿难忘。

但是另一个大款对少年温庭筠的资助，却是相反的结果，甚至对他的人生之路造成了影响。

一天，有一个老爷模样的大人来到温家。

这个叫姚勖的大人是个史学家，身居高位，还是宰相姚崇之后。也许都是宰相后代的缘故吧，善良的姚勖决定拿出一笔钱资助温家。对聪颖的温庭筠，姚勖特别喜欢，叮嘱他一定要自强，发奋读书。

前脚刚走，温庭筠后脚就迫不及待地，偷偷把钱拿出来，约上几个贵族公子花天酒地去了。一来二去，那笔钱竟然被他挥霍而光。

这个事情一直让我感到疑惑。温庭筠8岁就离开家，跟段文昌走了。那就是说，姚勖送钱来温家的时候，他才是个小屁孩。这么大点的孩子，就算那么能花钱，估计也没那个胆吧。但是不是也有这个可能——姚勖送钱的时候，温庭筠已经在段家，但他也偶尔回家，在段家不过是寄居而已。如果这样，十几二十岁的人，消费胆量可就大多了。据说当时他和宰相令狐绹的儿子令狐滈，以及裴度的儿子裴诚混在一起，这些公子哥不思上进，到处逍遥可是能手。

姚勖知道了这事，气不打一处来，找到温庭筠狠狠教训了一顿。

温庭筠因此落了个非常不好的名声。

在唐代，参加科举考试是有门槛的。既要出身，又要个人品行。报名考试的时候，还需要有人担保。臭名在外，谁愿意给温庭筠担保呢？

我们都喜欢说赢在起点，温庭筠却输在了起点。虽然之后他也参加了科考，无奈屡试未中。

宰相令狐绹非常欣赏温庭筠，把他供养在自己的书馆里，待遇优厚。其实欣赏是一方面，另外还因为他家境的窘迫，再有，就是他跟自己的儿子令狐滈是朋友。

不过最重要的原因，恐怕温庭筠也是没想到的。就是令狐绹看中他高超的词作水平，然后借花献佛，把他的词献给唐宣宗，谎称是自己的新作。皇帝很喜欢唱《菩萨蛮》的词，令狐绹自然投其所好。

有一天，朝内朝外又在传说皇帝赞赏令狐绹词作的事。

那天，令狐绹府上，十几个朝廷高官饮茶喝酒作乐。得到皇帝嘉奖，心情灿烂得很，他借机把同事们召集一起，炫耀的同时也向他们示威示威，巩固自己的地位。

哪个不奉承几句呢？

就在觥筹交错，恭维之话不绝于耳之时，突然一个声音翩然而至，石破天惊："诸位大人，那不是令狐大人写的，是在下随便乱写的。让诸位前辈见笑了！"

话音未落，屋子里似乎瞬间石化，众人面面相觑，好不尴尬。说话的温庭筠云淡风轻，似乎什么也没发生。

颜面扫地，令狐绹当时内心的阴影面积恐怕无法计算吧。

客人走以后，令狐绹生气地质问温庭筠："你猪脑子吗，之前怎么跟你说的？为什么还要搞这一出？"

"我……我……大人，我不记得了。"温庭筠嗫嚅着，脸红得跟猪肝似的。

拿温庭筠的作品借花献佛，令狐绹是跟他商量过的，谁知道居然一转身就忘了，让他难堪这就罢了，要是皇帝来个欺君之罪，那岂不摊上大事？

好在皇帝并没有计较太多。但是对温庭筠的态度，令狐绹显然有了微妙的变化。

有一天，唐宣宗灵感来袭，做了一首诗。诗里有"金步摇"一词，他想不到用什么来做对仗语了。"步摇"是当时妇女的一种首饰，走路的时候就会随着步伐摇动，很形象。找令狐绹，想破脑袋也是想不出。倒是温庭筠无须多加考虑，脱口而出："玉条脱！"

一语既出，皇帝不禁拍手叫好。"条脱"是古时候的一种臂饰，"玉条脱"就是以玉为材质的条脱。"金步摇"和"玉条脱"都属于饰物，金对玉，步摇对条脱，太妙了！

虽然对温庭筠少了好感，但是关键时候还能帮自己解决难题。所以，令狐绹并没有赶走他的想法。

"说说看，这玉条脱是什么玩意？"

回到家，令狐绹迫不及待把温庭筠叫过来问个究竟。他是真的不知道"条脱"是什么东西，而且似乎也没见过相关典故。

"丞相大人，典故在《南华经》呢。"

令狐绹愣神了。这本书，他还真没听说过，更不要说看过了。

"丞相，这《南华经》就是《庄子》啊！"温庭筠笑嘻嘻地看着令狐宰相，"大人啊，这《南华经》就不是什么生僻的古书，您呀，政事要做，也要多读点古书才是。"

温庭筠说完就走了，留下愣神的令狐绹。这个堂堂的宰相大人，让一个文艺青年说得两颊发烫。

令狐绹深知自己才学确实比不上温庭筠，这年轻人直截了当说自己，丝毫不给面子，太让人难堪了。

虽说话糙理不糙，但是令狐绹的格局还没到海阔天空的地步，对温庭筠的反感越来越强。

温庭筠的才华让唐宣宗很欣赏，他本来是要把温庭筠弄成甲科进士的，但这样的好事并没有开花结果。令狐绹心里对温庭筠不爽，故意阻拦，想办法从中作梗，结果没有下文！

苦苦考几次都考不上的温庭筠，机会的曙光只是惊鸿一瞥就不见了。对令狐绹，他越来越不满，然后变成积怨。

再到后来，温庭筠直接开怼，说令狐绹"中书省内坐将军"。什么话？说这个宰相啊，就知道天天端坐着，不读书，没学问。

两个人的关系，彻底凉凉。

后来，温庭筠继续怼，把对令狐绹的不满直接写出来。"终知此恨销难尽，孤负华阳第一篇"，这是他在《题李羽故里》里写的诗句，很明显地写出了两人之间的恩怨。

温庭筠有个别名，叫温八叉。这个古怪的名字背后，是他很不光彩的科考往事。

在温庭筠那个时期，考试的时间由蜡烛来定：每个考生发三根大蜡烛，蜡烛点燃，考试开始。蜡烛点完，考生要完成八韵的诗赋。除非是天才诗人，否则考试的时候一定是涂来改去的打草稿，无数遍的"修正"以后才能完成。不能完成的，大有人在。

温庭筠可不怕，写诗对他来说轻而易举。

容易到什么程度？据说夸张到这个地步——眼睛一眯，两手在袖管里一叉，一韵出来了。如此动作，八次叉手，八韵诗赋搞定！草稿？不存在的！涂改？没有的事！

于是，便有了"温八叉"这么奇葩的外号。

那么牛，干吗考不上？因为他名声坏，当道者不想要你这样的人才，不管考得多牛都榜上无名。

不给我考上是吗？那我来帮别人。像我这么横溢的才华，不用真是太浪费了！

于是，神奇的温庭筠尽情发挥自己的才华，在考场上帮"邻居"们答题——乖乖，别人三支蜡烛点完还一地鸡毛，他唰唰唰的，就帮了不少人。

自己考不上，"枪手"的名气却传了出去。很多考生都希望得到他的帮忙。

为了阻止他的代考行为，主考官特意在他的铺位挂了帘子，以拦截和其他考生的联系。可是才子就是才子，他自有办法，通过口授的方法，仍然一次成功"帮"了八个考生。

这样的考生，服不服？

也幸好主考官没有录取他，否则以他如此人品，又如何效力社稷呢？

罗 隐

你为什么这么愤怒

公元 859 年，李商隐去世的第二年，一个叫罗横的 26 岁后生从杭州来到长安，准备参加人生第一次科举考试。

这个罗横，就是我们熟知的晚唐诗人罗隐，"罗隐"的名字是后来改的。

这一次考试，并没有实现他光宗耀祖的愿望，但是却因此开始了他不可思议的人生。

下午时分，考场里到处一片静悄悄的。距离考试结束还有一些时间，考生们在紧张地作答。

一个个子不高，相貌不扬的考生却提前交卷离场了。嘴角上扬，迈着六亲不认的步伐。考生的感觉太好了，对他来说，这么简单的考题，考砸太难。

这个感觉超级好的考生，就是罗横。

不久之后，万众瞩目的张榜揭晓日到了。挤在熙熙攘攘的观榜人群中，罗横揉了一次又一次眼睛——纳尼，罗姓的倒有几个，咋没有看到罗横的大名？状元没有也罢了，探花没有也将就了，可是密密麻麻的进士榜同样没有。

罗横觉得不可思议，甚至觉得是不是抄榜的人搞错了？

反正就是榜上无名！

郁闷了几天，罗横突然想起，会不会是在写文章的时候，把对朝廷的一些不满写上去的缘故？

罗横愤愤不平——这帮腐败的官僚，连一点正能量的批评建议也听不进吗？

也许罗横真是想对了。写作文的时候，他确实一时兴起，加进了一段牢骚文字。但那不是真实的吗？在长安城备考的时候，他天天目睹豪华酒店来往着达官贵人，吃喝送礼如同百姓的寻常生活。这种腐败的作风要是不及时刹住，重返盛唐的强国梦怎么实现？

想法是没问题，忧国忧民历来是读书人的优秀品质。但表达方式、时机却差了点，他是一吐为快了，却坑了自己。

不得不说，罗横内心的强大非同寻常。换成别人，这成竹在胸的考试变成落榜，怎么样都得情绪低落一段时间，家人得想着办法让他出去旅游一番，放空放空了。罗横心里坦荡着呢，没当一回事，心想大不了从头再来。

留得青山在，不怕没柴烧，对自己有信心的人，从来不会对未来失去信心。凭一身才华，这次落榜纯属意外！

也许罗横真的对自己太有把握了，认为考不上一定是外来因素的缘故。下一次，兴许就有好运气的。至于自己的能力，从来不怀疑。

待在长安的日子,别人是疯狂学习,找补习班查漏补缺的大有人在,罗横却毫不在乎,自顾自地打开疯狂自行游的模式。

在帝都这个政治文化中心,罗横接收到的各种信息很多,五花八门,有官方的,有民间的。他是个触觉非常敏感的人,见的多了,听的多了,心里就难免不平。如果是别人,听听就算,顶多在背后发一下牢骚,罗横却高调发表,写诗撰文,骂奸商,骂城管,骂官二代,骂贪官污吏。

看到某大官频繁出入娱乐场所,骂!看到城管把卖菜的大妈大爷赶得无路可逃,骂!看到盐商和官府勾结,抬高盐价,骂!看到不学无术的公子哥们目中无人,驾着豪华马车横冲直撞……

老百姓觉得罗横骂得爽,夸他是有良知的读书人。罗先生受到鼓励,骂得更欢了。

对他而言,没什么不敢骂的。

有一天,罗横在郊外游玩,渡船的时候,一个大官模样的男人,满口官腔,指手画脚,对船夫极尽讽刺侮辱。罗横看不过眼,一脚踏在船舷上,两眼一瞪,指着那大官破口大骂:你算什么东西?少在这里装模作样,要真有本事,也不至于跟我们来挤一艘破船!

那官显然一下子蒙掉了。而事情还没完——罗横骂得来劲了,居然靴子一甩,蹬着光脚丫,继续一通咒骂:"你有什么本事,就会欺负老百姓,丢人现眼!"

见对方一声也不敢吭,罗横更骂得欢了:"你说啊,有什么本事?

罗 隐

信不信我用脚趾头握笔，写的文章都能比你好一百倍——敢不敢比？就问你敢不敢比？"

对方被气得吹胡子瞪眼，却又理屈，不敢出声。但是他很快知道了，这人叫罗横。

下船后，有人悄悄告诉罗横，那官可不是一般的人物，是当朝宰相韦贻范。罗横是被吓了一跳，但天不怕地不怕的他很快就释然，自己一介白衣书生，光脚不怕穿鞋，你能拿我怎样？糟老头子，怕你个鬼。

你是不怕，韦宰相却深深把你的名字刻进了肚子里。小样的，除非你以后永远活在深山老林！

很快，第二次科举考试开始了。这一次，罗横吸取了教训，淡定作答，也没有手痒多写别的东西，甚至也没有提前交卷。

结果，阅过的卷子中，写得不错的交给皇上唐昭宗，里面就有罗横的。

皇上觉得罗横的文章思路清晰，充满正能量，打算纳入通过的名单。

然而共同审核的宰相韦贻范一看到罗横的名字，心里立马烧起了熊熊大火——你个姓罗的，你死定了！

韦贻范强摁兴奋，提醒唐昭宗："皇上，您应该还记得《华清宫》吧？就是这货写的！侮辱先帝，人品低劣，如何为朝廷效力？请皇上三思！"

皇上当然记得，那诗还挺出名，每次读着"也知道德胜尧舜，争

奈杨妃解笑何"气就不打一处来，骂我祖宗？好吧，我成全你，继续落榜吧！

可怜的罗横，他一定不会知道这次落榜的原因在哪里。人生何处不相逢，有的相逢啊，你是不想，却是躲都躲不过。

两度落榜，不仅没有打击罗横，反而激起了他的斗志。他必须继续考，他要让别人看到自己就是打不死的小强。

不巧的是，考试那年，全国发生了大面积的旱灾，到处都是流落的灾民。

试问皇帝当时心理阴影的面积，没人算得出，但是这个数学题却让皇帝变成作文题，放在了当年的科举考试中去。唐昭宗想让考生们都来出谋划策，看看有什么治灾的良方。求雨不灵，只能天天望着白晃晃的大日头发愁，他无能为力啊。

考试开始。罗横看到这题目，心里乐开了花。他本身就是非常关心老百姓疾苦的人，对旱灾他早就有成熟的想法，只是苦于人小言微，无法让朝廷知道自己的想法罢了。

洋洋洒洒写了治灾的方法建议，罗横感觉那是一个爽啊。

然而，这个罗横又犯了不吐槽不舒服的毛病——他忍不住对皇帝唐昭宗指手画脚："皇上啊，临时抱佛脚真的好吗？水利灌溉工程，这些农业设施平时就应该做好，你老人家这些年都干了些啥？"

敢于谏言，也要有勇于接受的皇帝才行啊。唐昭宗不是唐太宗，就算罗横堪比魏徵、虞世南，那又有什么用？结果你肯定想到了：唐昭宗火冒三丈，直接把他的卷子丢进废纸篮。

罗 隐

不作死是真的不会死。罗横的结果，在他写下指责皇帝的第一个字时就已经注定。

第三次落榜之后，罗横成了"名人"——进入朝廷科考黑名单的名人。

可是科考的热情依然如故，他每次都如期出现在考场上。可怜的罗横，每一次信心满满，却不知道前路却早就堵死。

一个进入了黑名单的人，注定是还没开始考试就已经知道结果，这实在是时代的悲哀。

在一次次的打击中，罗横逐渐意识到朝廷在针对他，他就是考到死也不会中举。

愤怒的罗横把讽刺的笔尖对准了朝廷，写诗，写文章。横竖也这样了，不如写个痛快，骂个痛快！

一个远近闻名的"毒舌诗人"，就这么诞生了。

今天翻看他的诗作，天啊，满眼都是讽刺的字眼。相隔1000多年的时空，透过字眼，似乎还能看到那个怒目圆瞪的诗人，每落下一个字都咬牙切齿。

恶性循环就这么开始了，罗横的日子越来越难过。但是"一根筋"的性格，也让他铁定了"撞南墙"的决心——落榜了，继续考，就是考，考到你们烦……

他当然熬不过朝廷啊，48岁那年，已经历了十多次落榜的罗横终于放下科考，前往温州隐居，他心灰意冷。

悄然的，罗横把名字改成"罗隐"，从此消隐在大众视野。

一个愤怒的学霸，一个个性鲜明、疾恶如仇、直言仗义的小市民，组成了血肉丰满、形象特殊的诗人罗隐。而他的悲剧绝不是偶然的，因为他所在的，是一个格局已经严重缩水的晚唐，一个已经摇摇欲坠的朝代。

腐朽的社会，孕育出来的生命能健全吗？

李白和王维，你们为何互不搭理

公元 701 年，中国不约而同诞生了两位伟大的诗人——诗仙李白和诗佛王维。

只要稍微了解一下唐代诗坛，你就会发现一个有趣的现象：好多著名的诗人彼此都有瓜葛——杜甫是李白的小跟班，李白是孟浩然的粉丝，孟浩然是王维的铁哥们，张九龄和王维是忘年交，张九龄又是李白的知音……你跟我，我跟他，盘根错节，那是一个庞大的朋友圈。

可是历史留下了一个让人百思不得其解的疑问——同年出生的王维和李白，在讲究朋友间诗歌唱和的唐朝，竟然彼此都没有交集的诗作留下来。

这，太不科学了。他们彼此不认识吗？

不可能的事！

相关资料显示，唐玄宗统治期间，唐朝的人口在 7000 万人到 8000 万人之间。就算盛唐诗人井喷，诗人的绝对人数也不会太大——当时读书人占据的比例实在太小，而在诗坛上名气大的人数就更少了。

李白和王维，你们为何互不搭理

本来诗人这个圈子就很活跃，一来二去的，彼此间即使没见过面，肯定也不会陌生。

别人相互之间都有交集，唯独王维和李白是一片空白——彼此的作品从来没有提及对方。

同一年出生，诗歌成就同样斐然。更重要的是，他们都有共同的朋友——孟浩然、贺知章、王昌龄、玉真公主。尤其是孟浩然，李白很仰慕他，甚至可以说是他的粉丝；而王维和孟浩然，又是铁得不能再铁的哥们——可就是这样，李白和王维从未交集，是不是离谱到有点让人匪夷所思？

那么，是不是把他们理解成彼此"最熟悉的陌生人"更合适些？

性格不同，相互看不惯？

因为身世不同，天性差异，际遇不同，从而造成李白和王维的性格相差太大。是不是性格不合导致成不了朋友？可能性很大，现实生活中我们不是也这样的嘛？眼神对上，话语投机，那是成为朋友的前提，否则即使天天见，很多还是熟悉的陌生人。

李白是个不可思议的人。从心怀"侠士"的梦想，到辅佐皇帝治理天下，"我辈岂是蓬蒿人"的壮志。有梦想本是好事，但是他并没有很好地认识自己，他知道自己才华横溢——但是他的才华，更多是在写诗方面，在政治的能力上，不客气地说是不及格的。被召进宫以后，李白的诗歌才华让老板唐玄宗叹服，更让老板娘杨贵妃开心得花枝乱颤。实际上，李白就是诗才打动了唐

玄宗，召入宫中不过是为了让他写诗，以供唱歌娱乐罢了。这个翰林学士的职位，本来是专为皇上撰写重要文件的，不想进入宫内，李白并没有在这方面被委以重任。政事上，阅人无数的唐玄宗第一时间就对李白失去了期待——这货，写写消遣诗文可以，政事，他只有搞砸的份。李白本来就各种不靠谱，说大话，常酗酒，擅长做"花架子"的活，大臣们开始私底下议论他，渐渐看不起他。本性，加上失落，李白喝醉的时候越来越多，大醉过后的各种离谱举动也越来越多。大臣们都觉得他实在奇葩，在朝廷多待一天，必定制造出更多的笑料。

唐玄宗也没了耐心，和杨贵妃聊的话题，每天都离不开找个什么借口把他赶走。后来当然如愿了，赐金放还，还是给足了李白面子。

被炒鱿鱼，谁心里好受呢？更何况还是天下自我感觉最好的李白呢。他很生气，但依旧雄心万丈——"天生我材必有用，千金散尽还复来。"不管怎么样的打击，李白就是李白，他就是一个打不死的小强，你再不待见我，老子也一样是天下第一！从来没有半点谦虚。

就算在59岁那年，因为站队错误，站到了永王那边，李白被在两王相争中胜出的唐肃宗贬到夜郎。未到夜郎，一纸天下大赦的诏令让李白获得自由身。于是，他一下子又恢复了豪放的本性——"两岸猿声啼不住，轻舟已过万重山"。尔们倒是矫情啊，老李我走啰……

和李白狂放的性格非常迥异，王维从小受到佛教的影响，朴素自然，与世无争。这样的性格，让他更容易接地气，更受人喜欢。

更重要的是王维非一般的经历，让他的性格养成更加完善。从小丧父，长子的他承担起重振家业的重担，十来岁就到长安打拼，20岁考中状元，其中的经历，完全靠他自己去努力争取。小小年纪已经经历了很多风雨，早就懂得怎样去面对生活的方方面面。

同样靠自己的能力，王维在命运的变幻中成功把握了自己。安史之乱后，王维被迫为叛贼安禄山做事，最终也逃过一难。大难不死，王维得到太子支持，升迁为中书舍人，最后官职为尚书右丞（正四品）。

为什么在危难中，王维总有"贵人相助"？皇亲国戚帮他，名相张九龄鼎力支持他，即使奸相李林甫也没有对他使坏，这一切证明他在朝廷人缘很好，即使偶尔有挫折，总的方向也是官运亨通。

不得不说，王维在情商方面甩了李白几条街，这也是为什么李白进宫没几年就讨人厌，而王维处处逢源，总能逢凶化吉的原因。在官场如何说话，怎么待人接物，王维的做法很圆滑。而李白总是太自我，看不顺眼的，轻的是不搭理，重的是破口大骂。心直口快也许是优点，但是在职场上会很危险。你看，当年他想让李邕推荐自己，结果人家嫌你太狂，不理，于是李白恼羞成怒，噼噼啪啪一通吐槽，洋洋洒洒就甩上一篇。

大鹏一日同风起，扶摇直上九万里。
假令风歇时下来，犹能簸却沧溟水。
世人见我恒殊调，闻余大言皆冷笑。
宣父犹能畏后生，丈夫未可轻年少。

——李白《上李邕》

骂得淋漓尽致，骂得毫无惧色。"孔圣人还会说后生可畏呢，你一大男人可不能轻视少年人！"话糙理不糙，但是有效果吗？没有！换成今天，会有不少人骂李白没有家教，该说的说，不该说的也说。

要是换成王维，他百分百就不会对别人破口大骂。

这就是性格的区别。

也许就是性格相差太大，李白看不起王维的温文尔雅，觉得有才华的人就应该敢作敢为；而王维对李白的性格，也许是敬而远之吧。生活的经历太多，他知道保全自己的人生之道，一方面他不会这样去做，另一方面也不想惹李白这样的人。王维很清楚李白的性格、为人，这个朋友不交也罢——万一惹事的时候，自己也被牵连那可不值当。

两人不交往，跟性格是否有关系？谁知道呢！但是彼此性格天和地的区别却是事实，就算不是两人关系的原因，后人也能从中获得某些启示。

文人相轻，彼此不服气？

有人猜测这俩大咖是不是文人相轻，互相不服气，所以形同路人？

这当然是有可能的。毕竟李白自命清高，觉得自己无所不能，但因为没有参加科举考试，没有过硬的"文凭"，就连当官都要求爷爷告奶奶的……最后还很不光彩地让唐玄宗赐金放还。而诗歌地位不如自己的王维却顶着个金光闪闪的状元头衔，想当官就当官，不想当官就回辋川大豪宅过清净的生活。这么一比，是不是有点不平衡？从诗歌风格上看，李白癫狂大气，王维空灵写实，会不会王维从一开始就觉得李白的诗歌华而不实，没有实在内容？但是无奈李白名气实在太大，竟然坐上诗坛的第一把交椅，这会不会让王维很不服、不屑，继而心存芥蒂？

对李白来说，他自己就是天下知识最渊博的那个，没有之一！不接受反驳！一个人的自信到了极点就是自负，一个自负的人是很难看到别人的优秀的。今天来看，李白和杜甫是盛唐诗坛的双子星座，但是在当时，李白是根本没有把杜甫放在眼里的。在洛阳两人认识以后，一起游览了不少地方。别以为两个人如何的感情深厚，其实都是杜甫一厢情愿，李白在他眼里是明星的存在啊，所以他就是用膜拜的心态跟上李白的脚步的。毫不客气地说，杜甫就是李白的小跟班，能跟上偶像，啥事他都愿意做。所以我们今天看到，杜甫在诗歌里大夸特夸李白，极尽赞美之辞，而李白几乎没有在诗歌里提到杜甫。就算偶尔提到了，也是极富同情心。有一首诗叫《戏赠杜甫》，也有说这不是李白写，是后人杜撰出来的。

饭颗山头逢杜甫，头戴笠子日卓午。
借问别来太瘦生，总为从前作诗苦。

——李白《戏赠杜甫》

这么自以为是的李白，要他去认可王维的才华，认可他的诗作，

好像太难。

反过来，既然人家没把你的作品当一回事，王维也便没有接近人家的想法，免得人家还真的以为自己很想巴结他似的。王维没有李白那么自以为是，但是人家从十几岁就和王公贵族混在一起，人脉很广，还是状元出身，身居高位……实打实傲娇的资本，差李白哪里？

当然说是这么说，"文人相轻"的说法让不少人觉得可笑。毕竟，王维和李白的气度都很大，应该不会那么小家子气，为这么点事情而不理睬对方。于是有人又说，也许他们俩曾经有过激烈的争吵吧，或者父辈之间有仇也说不定，要不总不至于一辈子不说话的。这就难说了，人与人之间的关系太微妙，谁敢说不是呢？

狗血剧情——敬亭山引发的猜测

网上传播着一个关于王维和李白关系的剧情。这个剧情很狗血，就当吃饱了撑着消遣消遣的谈资吧。

李白前后去过7次敬亭山。敬亭山有什么过人之处，让游历过无数名山大川的诗仙为之神往？先来看看他著名的《独坐敬亭山》吧。

众鸟高飞尽，孤云独去闲。

相看两不厌，只有敬亭山。

——李白《独坐敬亭山》

这首诗写的是李白在作品中少有的情绪——孤独。为什么孤独？安史之乱后，李白因为入错了永王李璘的阵营，被新科皇帝李亨揪出，流放夜郎。虽然后来天下大赦，李白得以自由，但是他的心态已经发生了变化。这个即将60岁的老人，痛定思痛，才发现自己的一生其实很不堪。不能参加科举考试，好不容易当官了又让人家一脚踢走，"安史之乱"差点死在乱刀之下。

敬亭山让李白感觉很安静，他甚至把家人接来这里居住。远离朝廷，或许这样才让他有一种安全感吧。

不过，有人拿诗歌后两句"相看两不厌，只有敬亭山"来做文章。说其实他看不够的，并非敬亭山，而是玉真公主——唐玄宗的亲妹妹。据说玉真公主老年在敬亭山修道，死在敬亭山。李白声东击西，明写敬亭山，暗写玉真公主。

因为李白喜欢玉真公主。

当年，正是在玉真公主的帮助下，李白才得以进入朝廷，圆了当官的梦。李白对玉真公主不仅感激，而且还很佩服她的才华。后来，亲自写了一篇捧脚《玉真仙人词》。

而……王维也得到了玉真公主的赏识。科举考试前，在一场特意安排的宴会上，风流倜傥的王维以诗歌、音乐才华征服了玉真公主，于是心甘情愿为他考中状元大开后门。

于是，好事的人们就断定王维喜欢玉真公主，李白也喜欢玉真公主……李白王维两人"不幸"成为情敌。

所以他们俩就那样了，不相往来！

哈哈，我觉得很扯，很扯很扯！

玉真公主公元692年出生，李白王维都是公元701年生人，公主大了他们9岁——这个年龄差距，你觉得意味着什么？

就算有好感，也纯粹是一种知遇之恩的感情吧。

可如果硬要扯上狗血剧情，那敬亭山实在是无辜得很哦。

李白和杜甫，他们代言了多少广告

现在的产品代言，广告商找的大都是名人，谁名气大找谁，娱乐圈明星，体育明星。网上流传的一份最近明星代言排名，某某明星以1400万元／两年为最高价。

不得不说，名人太值钱了！

一千年前，名人效应应该也不比现在的影视歌星们差多少。据记载，北宋时苏东坡从贬地海南回来，经过广西北流的时候就引起了巨大的轰动。万人空巷，百姓争相一睹大文豪的风采。在信息传播非常缓慢的宋代，名人依然能在边陲小城有很高的知名度，实在是惊人。

在诗歌最为红火的唐朝盛世，诗坛大腕们的身价绝对不低。那么，他们有没有广告代言呢？有！当然有！！只不过诗人们是"一不小心"就当上了"代言人"，代言费自然没有——至于广告的效果，有的简直太大，影响力直接穿透一千年，这可不是时下明星们所能比的。

景区代言人之王——李白

作品代表——庐山瀑布、白帝城、峨眉山、桃花潭

论景区代言，谁都比不上诗仙李白。这个一辈子都在游山玩水的

头号明星，他代言过的景点不计其数。至于广告效应，有的如雷贯耳，有的略差人意。

庐山瀑布绝对是中国上下五千年最成功的景区广告，没有之一。一首《望庐山瀑布》，赤裸裸的广告软文啊。大师就是大师，明摆着是软文，明摆着夸你好夸你漂亮，就是让人看着一点也不反感，直接的效果就是一个个喊着嚷着要到庐山看瀑布去。

一千多年来，不知道有多少人就是冲着李白的诗去看瀑布的，反正一直到现在还是如此——至于实地看到的瀑布跟诗歌描绘的是否一样，那可就是众说纷纭了。网上有人说很失望，"投诉"李白夸大其词，并不见得怎么样的瀑布也写得如此气势磅礴，涉嫌虚假广告！也许千年前的瀑布本来就很壮观；也许浪漫的李白已经习惯了夸张……甭管了，反正不管瀑布怎么样也是要去看一次才安心，所谓"不去一次庐山后悔一辈子"，谁让代言人是李白呢！

李白捧红的景点还有不少啊。你看，"朝辞白帝彩云间"让三峡名闻天下，白帝城成了游览三峡最不能忽略的景点；《峨眉山月歌》不就是写峨眉山的半轮残月嘛，却让峨眉山成为无数人向往的地方。这应该给现在的广告创意一点启示——广告词太直白不见得有效果，反而可能因为广告味道太浓而引起反作用。你看，给峨眉山宣传，不直接夸赞峨眉山的雄伟险峻，不写半山腰的猴子有多可爱，他就写挂在山间的一弯残月足够。角度新颖，更容易让受众接受。

更让人拍案叫绝的是，这个诗仙写峨眉山，顺便又捎带上了三峡（夜发清溪向三峡，思君不见下渝州），一箭双雕的广告技法也是没谁了。

峨眉山月半轮秋，影入平羌江水流。

夜发清溪向三峡，思君不见下渝州。

——李白《峨眉山月歌》

桃花潭就不用说了，以写故事的形式来做广告，形式生动活泼，足足让桃花潭火了一千年（不过如今的桃花潭作为景点，名气似乎不咋的，不知道是不是旅游开发、维护方面做得不够。不管怎样，人家一个远道而来的诗人，诗歌写得已经非常好，广告效应也打出来了，后面的，全看怎么维护、升级的啦）。

翻一下《全唐诗》，把李白的诗歌一一梳理，你会有一个有意思的发现——诗仙写过很多山，其中让他"捧红"的名山至少有九座。注意，这九座山之前名气并不大，像峨眉山、华山、庐山本来就有名气，李白的诗是给它们狠狠加了一把火而已。

哪九座山这么幸运？太白山、敬亭山、祁连山、天姥山、大巴山、凤凰山、天门山、燕山、衡山。

西上太白峰，夕阳穷登攀。

太白与我语，为我开天关。

愿乘泠风去，直出浮云间。

举手可近月，前行若无山。

一别武功去，何时复更还？

——李白《登太白峰》

这首诗写的是太白山,还是熟悉的李白式夸张。写得当然好,就是太直白了,广告效果三颗星吧。

众鸟高飞尽,孤云独去闲。
相看两不厌,只有敬亭山。
——李白《独坐敬亭山》

这首诗写的是孤独,收获的却是敬亭山的知名度。又是剑走偏锋的广告创意啊。

明月出天山,苍茫云海间。
长风几万里,吹度玉门关。
汉下白登道,胡窥青海湾。
由来征战地,不见有人还。
戍客望边色,思归多苦颜。
高楼当此夜,叹息未应闲。
——李白《关山月》

有故事情节,又饱含情感的文学作品就容易引起共鸣。这首边塞诗,李白还是和写峨眉山一样,通过月亮去表现主题。(李白对月亮情有独钟,他一生中写了多少次月亮,简直就数不清!)不过,由于"天山"和现在新疆的天山"撞衫",很多读者一眼并看不出那"天山"写的是祁连山。用现在的话来说,"天山"成功蹭了热度,如今天山

名气那么高，不知道跟这首诗是否有关。

天门中断楚江开，碧水东流至此回。
两岸青山相对出，孤帆一片日边来。

——李白《望天门山》

这首诗太出名了，出名的原因无非就是写出了天门山奇妙的意境。广告创意可遇不可求，讲究灵感，灵感来了谁也挡不住。李白的这首诗，一看就知道是灵感附身——其实就是长江两岸的东梁山、西梁山，两座青山相对耸立，远远看着就像一扇巨大的山门。其实，山的海拔并不高，还不够 100 米呢，山形也很普通，但李白就是有化腐朽为神奇的能力，奈他何？

其他山也不用多说了，不同的山在李白的笔下就呈现出不一样的魅力。

要是李白活到现在，会不会好多名不见经传的"垃圾山"也能乌鸡变凤凰呢？不敢说很多，但一定会不少。

酒水代言人之王——李白

代表作品：兰陵葡萄酒、老春酒、新丰酒等

公元 761 年，60 岁的李白经历了太多曲折，之前的锐气收了很多。但是平生最喜好的喝酒还是没变，哪里的酒好喝，哪里就有他的朋友。

那一年，李白第七次，也是最后一次来到安徽宣城。8 年前，李白在堂弟的邀请下第一次来到宣城，堂弟告诉他这里的敬亭山真是太

美了。安史之乱还没爆发，大唐一片歌舞升平，尽管让唐玄宗一脚踢开，"赐金放还"的李白在经历了短暂的郁闷后，整体上还是意气风发的。他那么有才，他那么坚信自己有才，才不会把这些破事放心上。但是8年的时间改变了很多，入狱，被贬，李白饱尝人情冷暖。再次来到宣城，再也没有了之前呼前拥后的迎来送往。不管怎样，一个有过"前科"的人，不管名气多大，形象几乎已经"扫地"了。

在那样的心境下，最后一次登上敬亭山的李白，把无尽的孤独寄托在这座山上。

聊以自慰的，他在敬亭山下还有非常漂亮的美酒饮用。酒，对他来说简直就是续命的存在啊。那是一个叫纪春的酿酒老汉，他酿造、经营的老春酒远近闻名。因为经常买酒，李白和纪老先生已经成了老朋友。

后来老朋友离世，李白自然难过。但是他为纪老师傅写的凭吊诗，角度却让人拍案称奇，还是他一贯的浪漫风格。

纪叟黄泉里，还应酿老春。
夜台无李白，沽酒与何人？
——李白《哭宣城善酿纪叟》

纪老啊，你在黄泉里应该还会酿制老春美酒吧？只是阴间没有李白，你老卖酒给谁啊？

诗歌非常通俗易懂，伤感和顽皮掺杂在一起，让人读着读着就忍不住笑出声来。

在当时，宣城酿酒的人很多，据说有上百家呢。不过能有李白的"广告"，"老春酒"名气非常大。

这个名气，到了宋代再一次爆发。当时，宋太祖赵匡胤在翻阅李白诗作的时候，发现了这首《哭宣城善酿纪叟》，很惊讶。好奇之下，派人去宣城取来老春酒。一尝，果真名不虚传！于是大笔一挥，一道圣旨应运而生：逢年过节，老春酒作御宴饮用。

这一来，老春酒想不火都难啰。不过大臣们觉得好酒也不能以人名命名，那总归不太好，应该是地方来命名。于是，老春酒改成"宣酒"。

李白写《哭宣城善酿纪叟》，既写了安徽宣城，又写了老春酒。"宣酒"依旧很有名——有意思的是，网上一查，今天的宣城还真有老春酒销售呢。

以喝酒为人生一大快事的李白，一生不知代言过多少酒。那时候的美酒，品牌意识看来不强，更多是以地理位置为名。你看，他写的"兰陵美酒夜光杯"，把葡萄酒琥珀一般的视觉效果写得那么吸引人；而江苏镇江的新丰酒，6次出现在李白的诗里，能多次广而告之，可见新丰酒多么美！在李白之后，李商隐、陆游都写过新丰酒。看来，在李白"不遗余力"的代言下，新丰酒也应该是唐宋两朝的名酒了，恐怕不输今天的茅台酒吧。

景区、城市代言人——杜甫

作品代表——泰山、青城山、成都市

杜甫是李白的小迷弟，想当年科举考试名落孙山，刚好在京城邂逅"大咖"李白，于是就成了李白的小跟班，屁颠屁颠地成了跟李白差不多的"驴友",每天游山玩水,吟诗作对。后来跟李白分开,杜甫也彻底爱上了"研学",他相信"读万卷书行万里路"对自身修养的好处,于是迷醉于游历。

杜甫的第一个代言作品就在蓬勃少年的时候横空出世的,什么作品?泰山啊。一首《望岳》,将泰山的雄伟壮丽写得让多个朝代的粉丝们叹为观止,泰山的名气越发扩大,越来越多的人被吸引而来,非要体会一下诗圣"会当凌绝顶,一览众山小"的气概。

大家可以看看,初出茅庐的杜甫何等意气风发啊,路过泰山,不知道是不是没钱买门票,反正后人们猜测他是没有登上泰山的,整首诗就是"望"字统领。其实是否登顶并不重要,重要的是他的作品火了,泰山也因此更火了,那才是关键。广告代言,能达到这个境界的,几人可以做到呢?

相比之下,杜甫作品里经常涉及的四川青城山,尽管在当地名气很大,但是全国范围内还是显得弱了一些。这,当然得怪杜甫关于青城山的代言作品——诗歌不够出彩有关。作品可遇不可求,这很好理解,但如果青城山有泰山的亮眼之处,相信也会激发诗人的灵感吧。所以,谁都不怪,双方都有问题,不是吗?

除了泰山,杜甫代言的成都市也是特别成功啊,那绝对是广告代言的经典作品。

想当年,杜甫带着一家老小一路逃难,一直到进入成都,在朋友的帮助下,在浣花溪旁搭建起一座茅屋,才开始了他安稳幸福的生活。尽管只有4年的时间,但是这时间足够他尽情渲染美丽的成都了。很多田园风景、乡居生活的诗歌,让他写得非常闲适,让人对成都充满

了向往。

　　对自己的茅屋，杜甫写了不少，包括茅屋所在的"江村"，隔壁邻舍们都有描绘。诗人的美丽心情，通过很多诗歌作品表现出来。今天的成都，杜甫草堂已经成了一张靓丽的名片。美丽的成都，就是杜甫成功的代言作品，你不觉得吗？

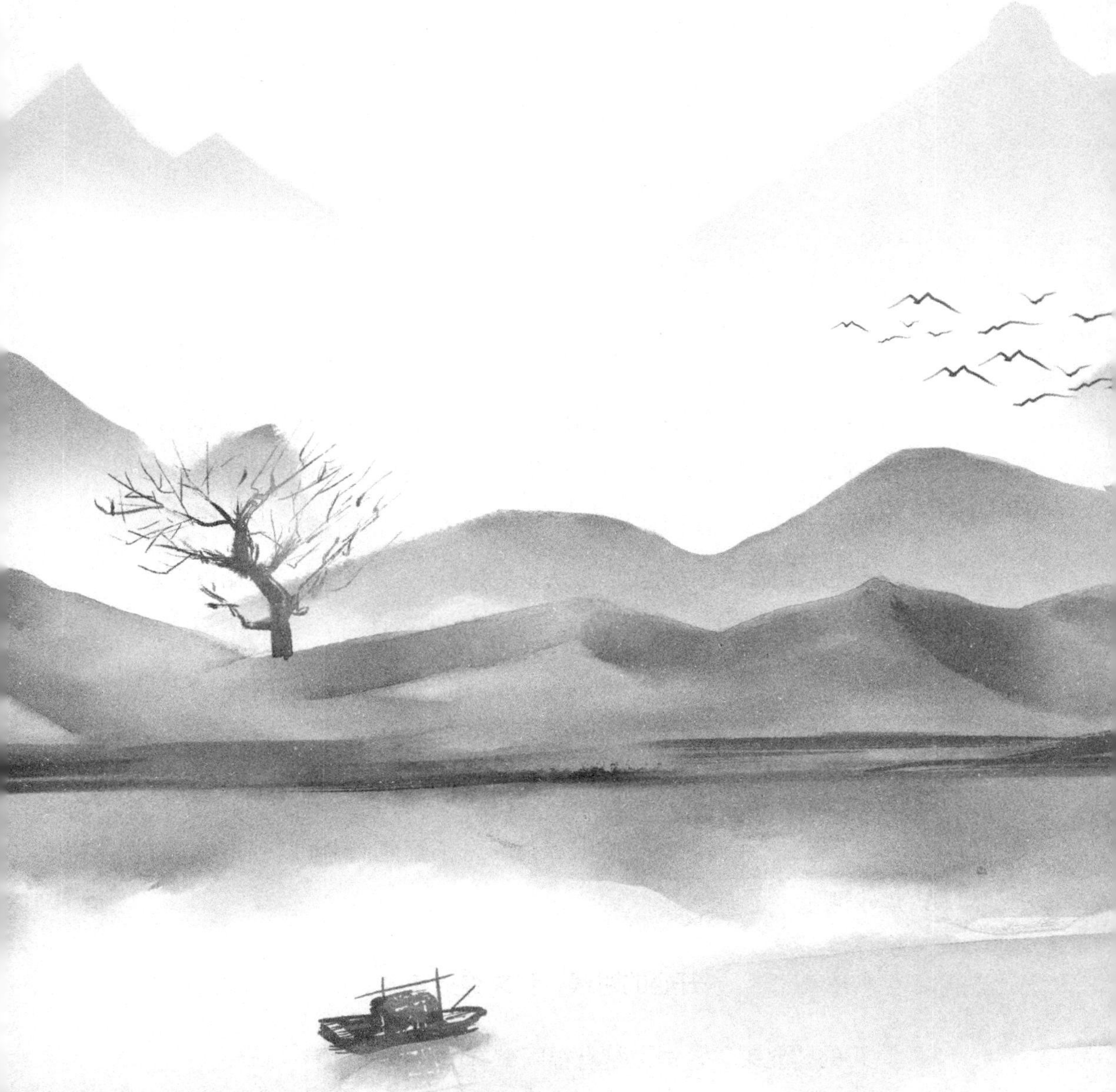

酒桌上，一声声喊着"兄弟"的实在太多。但是在生活中，真正情同兄弟，甚至比兄弟感情还要深厚的友谊真的存在吗？当然有！自家兄弟不一定是知己，而在外面，一旦遇上知己，很可能就成了"兄弟"。

一千多年前，有一对我们都认识的好兄弟。他们是元稹和白居易，中唐炙手可热的诗人。

何以见得"元白"有感天动地的兄弟情呢？有诗为证啊！今天我们还能看到的，有很多元稹和白居易互相酬答的诗歌。因为实在太多了，当时的老百姓干脆将他们的诗称为"元和体"。

我们通过"元白"精彩的酬答诗，来了解他们之间亲兄弟都不能比的感情吧。

开心的时候，我来锦上添花

真正的"兄弟"，一定是有福同享有难同当的。

公元815年，被贬5年的元稹终于奉召还京。屈辱去尽，春风拂面，元稹美好的心情无与伦比。这性情中人一口气写了12首"西归绝句"，记录他贬归的所见所想。第二首写到了另外两个人，其中就有白居易。

元稹和白居易，不是兄弟也情深

> 五年江上损容颜，今日春风到武关。
> 两纸京书临水读，小桃花树满商山。
> ——元稹《西归绝句（十二首·其二）》

沿唐河，过汉水，越武关，浮丹河，一程水路一程旱路，跋山涉水，累着也乐着——盼了五年，一朝日出，春光遍野。

美好的心情，怎么会没有朋友一起分享呢？白居易获悉喜讯，喜不自胜，早就迫不及待地给他写信，还在半路驿站呢，元稹就收到了信。"两纸京书临水读"，两纸京书，说的是途中接到李复言和白居易的信。如此，心情更加舒畅，于是"临水读"了起来。看信看出满山桃花红，"小桃花树满商山"。波光粼粼的水边读信，边上的小山坡桃花红遍——画面感是不是特别强？

好心情，看到的一切都是美好的。

在开心的时候，白居易没忘给元稹锦上添花。白居易给元稹写了什么不得而知，可以肯定的是，一定是满纸飞扬的开心话吧。

艰难的时候，我陪你泪流

要说生活的苦，白居易和元稹相比有过之而无不及。在最难的时候，两人悲戚与共。

来看看元稹这首著名的《闻乐天授江州司马》。

> 残灯无焰影幢幢，此夕闻君谪九江。
> 垂死病中惊坐起，暗风吹雨入寒窗。
> ——元稹《闻乐天授江州司马》

四川达县，一个月黑风高的夜。

被贬谪到这里的元稹，疟疾带来的周身疼痛让他辗转反侧，无法入睡，非常难受。水土不服，加上心情不畅，诗人的身体状况有点糟糕。

睡到半夜，屋外突如其来的闪电雷鸣吓得元稹一下子惊坐起来。

夫人赶紧过来询问情况。

"快拿来，信……乐天的信！"

夫人把信取来。两天前信就到了，只是元稹精神恍惚，迷迷糊糊的，竟忘了看。

信没看完，元稹就已经痛苦地伏在床上泪如雨下。他的挚友白居易，由于宰相武元衡被杀，白居易"越权言事"得罪权贵，被贬到江西九州。

啊，我被贬也就算了，为什么你也步我后尘啊！

元稹挣扎着把内心的波澜形成诗——《闻乐天授江州司马》，寄到九州。

收到来信，白居易非常感动，又提笔给元稹写信，这就是流传至今的《与微之书》，洋洋洒洒，将近800字。

仅仅开头，就能看出他们的友谊不一般。

微之微之！不见足下面已三年矣，不得足下书欲二年矣，人生几何，离阔如此？况以胶漆之心，置于胡越之身，进不得相合，退不能相忘，牵挛乖隔，各欲白首。微之微之，如何如何！天实为之，谓之奈何！

元稹写的诗，白居易说"此句他人尚不可闻，况仆心哉！至今每吟，犹恻恻耳。"

信的最后，白居易泪水涟涟："微之微之！此夕我心，君知之乎？乐天顿首。"

这封从半夜写到黎明的长信，道出了俩诗人惺惺相惜的深厚感情。

收到一封信，未看泪先流

一天傍晚，一封信送到元稹家中。

接过信，只一瞄，元稹的眼圈就红了，泪水哗哗淌下。

这一幕着实将一旁的妻女吓到了。在妻子的印象中，能让丈夫如此激动的，只有来自九州白乐天的信。

没错，正是白居易的来信，让元稹情难自禁。在贬谪苦旅中，只有乐天才最懂自己，也只有他才能慰抚他的心。

> 远信入门先有泪，妻惊女哭问何如。
> 寻常不省曾如此，应是江州司马书！
> ——元稹《得乐天书》

白居易给他写了什么，足以让元稹泪流满面？

> 心绪万端书两纸，欲封重读意迟迟。
> 五声宫漏初鸣夜，一点窗灯欲灭时。
> ——白居易《禁中夜作书与元九》

"思绪万千，给你写了两页纸的信，写好了，要装进信封的时候觉得似乎没写完，可是反复再读，又无从下手……"

也难怪元稹痛哭失声，白居易心里装着他，处处替他着想。这样的朋友，谁能代替？

两个朋友天各一方，沦落天涯，彼此想念。白居易还好点，闲来无事可以去周边的景点逛逛，晚春到庐山看看桃花，飘雨的黄昏到码头走走，听听歌女的琵琶声。元稹可不行，他身体不好，在南方染上的疟疾差点要了他的命。

没有手机，没有QQ微信，白居易担心元稹，却毫无办法，根本不知道四川那边的情况怎样了。

就连做梦，也心有灵犀

一天夜里，白居易睡了醒，醒了睡，总是睡不好。而奇怪的是，一旦睡着，就总做同一个差不多的梦，老是梦到元稹。

这老弟啊，身体扛得住吗？不会有什么问题吧？

晨起，微风习习，白居易没有像往常那样先晨练，洗了个脸就伏案给元稹写信——

晨起临风一惆怅，通川溢水断相闻。

不知忆我因何事，昨夜三回梦见君。

——白居易《梦微之》

接到信，元稹强撑病体，给白居易回信——

元稹和白居易,不是兄弟也情深

> 山水万重书断绝,念君怜我梦相闻。
>
> 我今因病魂颠倒,唯梦闲人不梦君。
>
> ——元稹《酬乐天频梦微之》

唉,老兄啊,我这身体不争气啊,搞得我颠三倒四的,你看,就连做梦也是梦到无关的闲人,可偏偏就是梦不到你啊,呜呜……

元稹怪自己竟然没有梦到白居易。其实,元稹曾经做过一个梦,感觉就像是事先预演过的剧情似的。在梦里,他不仅梦到了白居易,还梦到白居易白天做的事情,很神奇。

那是公元809年,那时候两人都还好好的,还没有被贬。

那天,元稹去东川出差,很正常的公务员生活。正是周末,白居易和弟弟白行简,朋友李杓直(即诗题中的李十一)一同到曲江、慈恩寺春游,然后又到李杓直家饮酒。喝着喝着,白居易就想起了元稹——要是不出差,今天你也会在这里喝酒的。你走了几天了,掐指算看,今天你该到梁州了吧。

> 花时同醉破春愁,醉折花枝作酒筹。
>
> 忽忆故人天际去,计程今日到梁州。
>
> ——白居易《同李十一醉忆元九》

经常出差的公务人员,对行程的计算会心中有数。但是古时候不是坐马车就是乘船,受自然条件的影响,没有今天的高铁准时,对行程的把握有时候会有很大偏差。然而神奇的是,元稹写回来的酬答诗,

却让人惊呼太过神奇。如何呢？请看他的诗作。

是夜宿汉川驿，梦；与杓直（李建）、乐天（白居易）同游曲江，兼入慈恩寺诸院，倏然而寤，则递乘及阶，邮使已传呼报晓矣。

梦君同绕曲江头，也向慈恩院院游。
亭吏呼人排去马，忽惊身在古梁州。

——元稹《使东川·梁州梦》

诗歌写得很清楚，元稹夜宿驿站，居然做了个梦，梦到和李杓直、白居易一起游览曲江、慈恩寺……梦醒以后，发现已经身在梁州了！

这个心有灵犀确实太让人拍案了。梦里的情景居然和白居易白天游玩的情景重叠！更神奇的是，白居易猜测他应该到了梁州——果真是到了，分毫未差！！

公元831年，52岁的元稹永远闭上了眼睛，伤心的白居易给好友写了墓志铭，两人三十多年的友谊走到了终点。

没有人知道这首《梦微之》是不是白居易写给元稹最后的诗，不管怎样，那个一次次让白居易呼唤"微之微之"的元稹大诗人，再也不能跟他酬答了。

夜来携手梦同游，晨起盈巾泪莫收。
漳浦老身三度病，咸阳草树八回秋。
君埋泉下泥销骨，我寄人间雪满头。
阿卫韩郎相次去，夜台茫昧得知不。

——白居易《梦微之》

杜牧和李商隐,他们怎么了

在唐代诗坛，但凡是齐名的诗人，关系基本都不错。

"李杜"的李白杜甫，虽然很多时候杜甫只能是李白的小迷弟，但是两人的关系其实不错，甚至还一度共同结伴旅游，有过美好的时光；"刘柳"的刘禹锡柳宗元，那是可以有难同当的兄弟；"王孟"的王维孟浩然，那也是老铁；"元白"的元稹白居易更不用说了，互酬诗多了去，几天不见面就彼此赠诗，已经到了心有灵犀的地步。

可是，声震古今的"小李杜"是个例外。李商隐和杜牧，诗歌写得那么好，两个人的关系却比水还要淡，甚至可能就没有见过面。

"小李杜"，他们究竟怎么啦？

李商隐：我使劲夸你，你却不看我一眼

对杜牧，李商隐极度欣赏，到了崇拜的地步。

有两首诗，是李商隐特意写给杜牧的。这个"特意"，我理解为"讨好"。就像当年刚认识李白，杜甫一首接一首夸李白一样。

李商隐比杜牧小10岁，看到前辈诗写得那么好，自然想认识。于是，他也跟当年的杜甫那样，给偶像写诗。不同的是，杜甫都是有感而发，一气呵成，李商隐却因为想得太多，对字眼过于斟酌，患得患失，结果弄巧成拙。

杜牧和李商隐,他们怎么了

第一首是《赠司勋杜十三员外》:

> 杜牧司勋字牧之,清秋一首杜秋诗。
> 前身应是梁江总,名总还曾字总持。
> 心铁已从干镆利,鬓丝休叹雪霜垂。
> 汉江远吊西江水,羊祜韦丹尽有碑。
> ——李商隐《赠司勋杜十三员外》

前两句提了杜牧的代表作《杜秋娘诗》;三四句说杜牧上辈子一定是梁朝的江总,也就是江总再世的意思;五六句一边赞美一边劝慰,说你是有军事才华的人,没必要为人生易老嗟叹,很有点"语重心长"的意味;最后两句来个喊口号——杜牧老兄你的文章啊,将来绝对光耀史册,流芳千古。

举例、对比、议论、抒情……妈呀,为了让杜牧看着开心,可怜的李商隐挖空心思,堆砌成了一首捧脚诗。

那么,杜牧开心吗?

一点也不开心!他甚至很生气!!只是他选择了沉默,沉默有时候是最明确的态度。

"这个神经病,竟然拿我跟江总放在一块儿写。"杜牧气鼓鼓的,心里愤愤然。

亏得李商隐还是个文化人,他难道不知道江总的名声很臭吗?这个没脑子的宰相,整天和皇帝陈后主饮酒作乐,才导致了亡国,天下人不知道有多少指着他的脊梁骨骂娘呢。这下倒好,你李商隐要夸我,偏要拿江总来说,你究竟有多恨我?

而这边，没有收到杜牧的点赞，李商隐又熬夜炮制出第二首诗——《杜司勋》：

> 高楼风雨感斯文，短翼差池不及群。
> 刻意伤春复伤别，人间惟有杜司勋。
>
> ——李商隐《杜司勋》

这首诗拍马屁拍得很夸张。李商隐直接说能把诗歌写得那么感伤忧郁的，杜牧你是NO.1……不接受任何反驳！

连"沉郁顿挫"闻名天下的杜甫都不敢称第一，这么大的帽子扣得杜牧头皮发麻，鸡皮疙瘩疯起。看到这首诗，只瞄两眼，杜牧就鼻孔哼哼几声，便丢到灶塘里去了。

其实，杜牧诗歌写得是很好，但那绝非是他的最爱。他最爱的，是军事！你可能想不到，杜牧曾经为兵书《孙子》做过注解，那可不是一般人能做到的。能做到，肯定是个军事天才。别以为说说而已，杜牧在政治军事治国方略上非常敏感，有深入的研究。最牛的是，宰相李德裕根据杜牧的一些策略，在平定藩镇割据中起到了很大的作用。

如果李商隐夸杜牧是个军事家，恐怕还受用。可是夸他写诗天下第一，杜牧心里特别不舒服——写诗只是我的副业，麻烦你拍马屁不要拍到马蹄上！

如此看来，李商隐智商不错，情商有点让人着急。

杜牧：你可以不站队，但你不能伤人心

正是因为情商不佳，才导致了李商隐人生的悲剧。

当年年少，"牛党"令狐楚收留父亡家苦的李商隐，把他当成

亲生儿子来看待。可是等令狐楚去世后，李商隐很快投奔属于"李党"阵容的王茂元，并且娶了王茂元的女儿为妻。在牛李两党势不两立的那个时候，李商隐的举动不仅轰动朝野，更是伤了令狐家的心。

"叛徒"的标签，已经牢牢贴在李商隐的身上。

而这一切，杜牧当然看在眼里。

尽管对政治兴趣不大，但身在朝廷，他非常清楚站队对一个人有多重要。你可以站队"李党"，也可以站"牛党"，最不能做的就是两边都沾染，这样自然就两边都不把你当成自己人——谁不觉得你人品有问题呢？你就是个叛徒。没有人会喜欢一个叛徒！

你说，杜牧愿意跟你李商隐走一起吗？别说给他写两首诗，就是一百首，人家也不会搭理。

更何况，杜牧和"牛党"的一号人物牛增儒关系很好。要是跟李商隐有来往，"牛党"怎么看他？就算他不是"牛党"的人，但起码也没有跟"李党"有什么瓜葛。

李商隐的人品问题，在当时必然是众说纷纭。尽管他应该也是无意给自己贴"李党"的标签，可是做"李党"人的女婿，他应该已经被很多人列入了黑名单。这"很多人"，自然包括杜牧！

一个把白居易恨得要命，一个把白居易捧得要死

在"小李杜"成就诗歌江湖之前，那个时代最牛的是"元白"——元稹和白居易。

"元白"在当时诗坛上的影响力很大，呼风唤雨的级别。但偏偏杜牧对"元白体"看不惯，还曾经专门写文章骂过。

只要不是有偏见，也不至于对别人的创作反应那么大。杜牧不喜

欢"元白"是有原因的——当年，杜牧向皇帝推荐朋友张祜，宰相元稹从中插上一刀，张祜于是凉凉。

这样的变故，杜牧算是跟元稹结下了梁子。白居易是元稹的老铁，爱屋及乌，当然也被列入了杜牧的黑名单。

而另一方面，李商隐却对白居易极力推崇，非常崇拜他。

元稹死了之后，白居易经常跟李商隐一起喝茶喝酒。

有一天酒过三巡，白居易歪着身子，眯缝双眼笑说："老弟啊，以后我挂了，就投胎做你的儿子算了，你可千万别嫌弃！"

这样的话，一半是玩笑，一半是奉承——李商隐确实才华出众，谁不想要个才华横溢的老爸呢。

可是李商隐却把酒话当真了——后来生了个儿子，竟然真的起名"白老"。

白居易不知道会不会当场崩溃。

你就说吧，杜牧怎么会喜欢李商隐呢！

唐宣宗即位以后，饱受党争牵累的杜牧、李商隐，陆续从外放地回到长安。杜牧任司勋员外郎兼史馆修撰，李商隐担任代理法曹参军。

有人说两人相处交游，彼此来往酬唱。可是，除了李商隐的《杜司勋》和《赠司勋杜十三员外》外，并没有杜牧的只言片语。而李商隐的这两首诗，刚好就是那个时候写的。要是真的是朋友，不信杜牧没有回应。

并不是能力相近的就能做朋友。即使小李杜同在一个办公室上班，相信也不影响形同陌路——讽刺的是，李商隐一直都视杜牧为偶像为朋友，只要杜牧一出新诗必然会点赞热捧，无奈他只是一头热，换来的竟连一个"呵呵"都没有。

大小李杜,就是盛唐和晚唐的区别

什么样的时代，就有什么样的诗人。

只有在开元盛世，李白才能淋漓尽致地宣泄澎湃的激情；而盛世的急剧转衰，如果没有盛唐的积淀，就不会产生杜甫悲苦的历史诗篇。

中唐还是有盛唐激情的余热，就像熊熊的火焰熄灭，炭火的温度还是非常炙热，但毕竟是每况愈下。所以我们能看到刘禹锡的激昂和愤怒，白居易水银泻地的倾诉，也能看到柳宗元的悲戚叹息，更能看到孟郊贾岛的沉吟、颓唐。

而岌岌可危的晚唐，传来的却是李商隐杜牧（世称"小李杜"）的哀叹。那种回天无力的呐喊，令人不忍心酸。

单说诗才，小李杜恐怕也没逊色大李杜多少，论多才多艺，综合实力甚至要超越前辈。但是没有办法，大环境背景下，谁也不是孤立的，时代的空气影响着每一个人。在诗歌上，他们和大李杜的区别，恰恰是盛唐和晚唐的区别。

李白和李商隐：一个狂放，一个隐忍

李白的狂放不羁，随便抓住他哪一首诗都能感受到，辨识度很高。

从一个满怀侠士理想的少年成长起来，骨子里怎么会少得了狂放呢？

所以在还没出人头地的时候，他就已经抢先把蜀道的"难"早早帮我们定位。当老好人贺知章读到这首诗的时候，他老人家毫不掩饰看到好诗的激动，把大腿都拍红了，不仅连声夸赞诗歌气势太强，而且怒赞"此天上谪仙人也。"

李白和贺知章于是成了忘年交，也因此得到后者的力荐，得以入朝为官。

也是这个李白，当初为了找一份工作，找到北海太守李邕，李邕不睬他。小李一怒，反手就是一首《上李邕》——"宣父犹能畏后生，丈夫未可轻年少。"

这就是李白，骂人和夸人如滔滔江水一发不可收。

李白的狂，不仅体现在诗歌上，为人处事上还不是一样吗？从古到今，关于李白醉酒后，让宦官高力士脱鞋子的故事被演绎得绘声绘色。这故事十有八九只是传说，我是不相信的，但如果不是李白那么狂放，如此故事绝对就没有产生的土壤——你去给杜甫编一个看看，鬼都不信！

就算死，李白也被赋予"捉月而死"的传说，极度的浪漫主义。

而晚唐的李商隐，半生悲凉，半生隐忍，境遇和前辈李白相差了一百条长安街都不止。

李商隐想必也是喝酒的，不过，他喝的大都是闷酒苦酒，哪里有什么"五花马，千金裘，呼儿将出换美酒"的豪迈？

李商隐的闷酒，就是他为苦闷的生活而喝的。

幼年丧父，李商隐跟着母亲在辛酸艰苦中长大。16岁时得到大官令狐楚的赏识，免费教他读书，带他进入仕途。令狐楚是他的恩师，可谓再生父亲。如此信赖他的令狐楚，甚至把亲生儿子令狐绹撇在一边，声明死后的墓志铭由李商隐来写。

可是李商隐并没有意识到，"贵人"给他带来的，并不是想象中的荣华富贵，而是稀里糊涂的，被扯进了"牛李党争"之中，而这恰恰是困扰他一辈子的梦魇。

当时朝廷的"牛李党争"影响太大，大臣们很多都身不由己，就被动站队了。令狐楚属于牛党，作为令狐幕僚的李商隐，当然也让人认为属于牛党。

令狐楚死后，没了依靠的李商隐在为工作发愁之时，另一个权贵王茂元对他发出了邀请。他很欣赏李商隐，很欣赏很欣赏的那种，没多久，就把宝贝女儿嫁给了他。

不知道李商隐做出投奔王茂元的决定时，是否想过王是李党呢？如果想过，或许他就不会这样决定。等他感觉有问题的时候已经迟了——成了别人的女婿，想不站队都难！

这样，逝去的恩师令狐楚是牛党，老丈人是李党，李商隐该怎么站队？他左也不是，右也不是啊。更要命的是，他在众人的眼里就是个见风使舵，立场不坚定的二货。这样的人，自然是受到鄙视，谁也不待见。

此后的仕途，果然不如意，辗转不顺。谁愿意对一棵"墙头草"好呢？

于是，苦闷从此如梦魇一样，让李商隐难以舒心。

他的诗歌，大多抒发惆怅落寞的情绪，诗中充满了迷茫与悲凉，《夜雨寄北》便是代表。惆怅、悲凉——李白何曾有这样的诗呢？

杜甫和杜牧：一个木讷，一个风流

如果没有杜甫这个老实人，我们对盛唐的了解，全面程度上肯定大打折扣。对历史的记载，谁能有老杜写得那么细致入微呢？

"沉郁顿挫"是我们学杜诗时给他贴上的标签。杜牧呢，对社会现实的批判也是作品的特点之一，借古讽今是拿手好戏。《赤壁》《过华清宫绝句三首》等等，都是脍炙人口的作品。和杜甫不同的是，杜牧还有放纵的一面，说得文艺一点，是"风流倜傥"。

有人疑惑，都是姓杜的，大杜和小杜五百年前是不是一家？

哪里需要五百年？根据史料，杜甫和杜牧就是同一个祖宗的后代。从家族血缘上来说，杜甫是杜牧的曾祖父，只不过是家族的两支罢了。

公元222年，魏晋时期出现了一个文武双全的大人物——杜预。这个杜预是时至今日，中国唯一一位能同时进文庙和武庙配享的历史人物。

杜预的四子杜耽繁衍12代以后，诞生了杜甫，算起来，老杜是杜预的十三世孙；杜预的少子杜尹向后繁衍15代，诞生了杜牧，小杜是杜预的十六世孙。

相比而言，似乎杜牧要比杜甫更多才多艺。书画、军事、音乐、器物制作、围棋等无所不通，有人说，这个杜牧以后是当宰相的料。

和杜甫一生难获功名不同，杜牧二十多岁就获得进士第五名的成绩。只是他雄心勃勃的抱负，在日益腐朽的晚唐注定没有得到实现。

和李商隐的遭遇一样，杜牧也受到了"牛李党争"的影响。因为和牛党的领军人物牛增孺走得比较近，他受到了李党头目李德裕的特别"关照"——远离朝廷！李德裕和杜牧两家是世交，但又怎样？你挡了我的路，照样办你！李德裕，那可是当朝宰相啊。

杜牧的仕途，于是非常坎坷。

7年在地方当官，回不去的长安对杜牧来说是遥不可及的天堂。带着满怀的愁绪，那一年在安徽池州，他触景生情，写出了不朽的"清明时节雨纷纷，路上行人欲断魂。借问酒家何处有，牧童遥指杏花村"。借酒消愁愁更愁，酒在李白的眼里是好东西，在杜牧的眼里当然也是，只不过是拿来消愁罢了。

到了后来，终于能回长安的时候，杜牧又不想回了，找了借口继续在地方任职。党争让朝廷一地鸡毛，杜牧不想卷进去。多年的郁闷，让他对朝廷产生厌烦，希望在自由的天地寻求解脱。

于是就有了"春风十里扬州路,卷上珠帘总不如""二十四桥明月夜,玉人何处教吹箫""十年一觉扬州梦,赢得青楼薄幸名"。即使放纵自己,杜牧的诗情仍然源源不断,这就是真正有才啊。

一个真正有才的诗人,不管放在哪里都不会辜负才情。但是大气候的风向,还是影响了飘扬的高度啊。

设想一下,如果把李商隐和杜牧放到盛唐的话,那么他们的"老板"应该就是唐玄宗。唐玄宗的晚年确实是个昏君,但是他一手创造的"开元盛世",却将唐朝带到了巅峰时期,中国封建社会达到顶峰阶段。政治上,唐玄宗改革机构对吏治进行了整治。经济上,唐玄宗制订经济改革措施。军事上,唐玄宗对兵制进行改革。文化上,提倡文教,重道抑佛,人才辈出。唐玄宗还改善民族关系,对于社会经济发展起了很大的促进作用。

想想小李杜真是不幸,在晚唐,政治腐朽,皇帝无能,朝廷大臣拉帮结派,人人自危。在这样的环境下,"牛李党争"就是一个毒瘤,病毒在朝廷肆意蔓延、转移,谁能逃得脱!你看,小李杜成为牺牲品,高层的政客们也一样。宰相李德裕不就是那样的悲剧吗?被贬海南,经过玉林鬼门关的时候留下悲凉的诗作,他已经不指望能活着回来,结果真的在海南病死。

大李杜在生活中有太多的不如意,而且安史之乱也将他们推到了生命的边缘。

如今来看,安史之乱就像盛唐燃起的熊熊大火,杜甫在大火中呐喊狂奔,他的气息,如同耍杂技的人,嘴里喷出的烈焰那样绚烂,却

痛在艺人身上。而这场大火熄灭之后，也带走了盛唐的气象，包括诗歌。要是大李杜没那么快去世的话，后来的诗歌写成什么样，谁也想象不到——或许，安史之乱就是分水岭吧。

　　谁也没有权利选择出生的年代。幸运也好，悲哀也罢，大环境注定了"社会人"的悲欢离合。大李杜的盛唐，意气风发踌躇满志；小李杜的晚唐，如履薄冰如秋虫喘鸣。

唐诗里的那些"名人",你是谁

《赠汪伦》里的汪伦是谁？《别董大》的董大又是哪个董家老大？《送元二使安西》里的元二呢？《芙蓉楼送辛渐》的辛渐，《江南逢李龟年》里的李龟年又是什么来历？

唐诗和现代文一样，都是作者"我手写我心"的体现。遇见的人，遇到的事，都会触动心灵，形成文字感慨一番。那么多年过去，诗人我们是记住了，而很多作品的"配角"也顺带"走红"。

只是时间过得太久了，那些被写进诗歌里的人物，有的只有名字，有的连名字都是别称，人物更多的信息，都比较模糊。这些形形色色的"名人"，都是谁呢？

汪伦，是土豪还是县令？

当年，李白到安徽走亲戚，和族叔李阳冰天天喝酒谈诗。

某天，诗仙意外收到一封信，是泾县一个叫汪伦的人，"先生好游乎？此地有十里桃花，先生好饮乎？此地有万家酒店。"哇，李白本就是好饮好玩之人，这"十里桃花"想想就震撼，美景咫尺，何必

天涯？至于"万家酒店"，那不是明摆着馋我吗？毫不犹豫，果断赴约！

人到了，可是左看右看，十里桃花呢？馋人的酒店呢？

汪伦哈哈大笑，"'桃花'者，潭水名也，并无桃花；'万家'者，店主人姓万也，并无万家酒店。"

换成很多人，或许扭头就走了，毕竟这样的玩笑看似有才，实际上很无聊，被耍的感觉总是不好。但诗仙自有诗仙的气度，他不仅没生气，还觉得很有意思。不过我猜，十有八九看到汪伦的时候，李白心情还是不错，加上寥寥几句已经让李白觉得投缘，于是才有了后来。

桃花没看到，酒一定不少喝的，否则李白绝对不干。对他来说再投缘，没有酒也是不行。当然，当地的风景应该也不错吧，"十里桃花"这么大的诱饵，要是没有一点儿风景支撑，汪伦哪里来的底气？不怕被拉黑吗？

玩好喝好聊好，走的时候，汪伦豪气相赠——马八匹，官锦十端。

如此阔绰的礼物，不是土豪是什么？

唐宋元明清几个朝代的学家都无一例外认定汪伦是当地一村民，那样的话，他自然就是土豪级别的村民了。但到了现在，有安徽当地的研究，说汪伦是当时泾县县令，平时和李白、王维都有来往。

只是这样的说法，可信度如何呢？我宁可相信李白之前跟汪伦是不熟的。

董大、李龟年，大唐娱乐圈明星担当

唐朝也有娱乐圈，只不过艺人的地位太低了。董大是高适的朋友，李龟年是杜甫和王维的朋友，这两个在当时是炙手可热的娱乐圈明星。

董大的名字叫董庭兰，家族排行老大，所以大家习惯称他"董大"。董大是盛唐时期非常著名的琴师，历史上说这大师前半生非常窝囊，不读书，也不好好做事，什么都不懂。后来在当兵的时候跟一个人学会了琴法，这直接"引爆"了他的音乐天赋。琴艺很快超越前辈，名声大振。这很像武侠小说里面的惯有情节——主人公在一个偶然的机会，在某个山洞邂逅举止怪异的高手，从而学到了通天武艺。

董大是出名了，但他并不是太如意，毕竟娱乐行业并不吃香，也不太受人尊重。他更多时候寄居山林，清心寡欲，还是挺穷的。也就是在这期间，他遇到了高考失利的高适，两个人聊得很投机，迅速成为好友。在当时，董大名气比高适大得太多了，高适就是一个高考补习生啊，落魄得很，又没钱。

"丈夫贫贱应未足，今日相逢无酒钱"，高适是这么写的，两人相见，都没钱喝酒，哈哈。脑补一下，这俩穷光蛋没钱喝酒怎么办呢，以茶代酒，相对呵呵吗？

但是后来一首《别董大》成就了高适的诗坛地位，同时也让世人皆知，那个"天下谁人不识君"的董大。

李龟年也是盛唐顶级的娱乐圈大咖，他更加全面，会唱歌、擅长吹筚篥等乐器，作曲还很厉害，名副其实的音乐家，王维的很多作品都被李龟年拿来谱曲演唱。在当时，李龟年很受唐玄宗的恩宠，实打实的"乐坛一哥"。

辛渐，王昌龄吐苦水的对象

对王昌龄来说，在南京的工作很是不爽，常常如鲠在喉，想吐吐不出，想咽咽不下。

人生的际遇，当年的诗人大多如此不顺。文人当官，很难敌得过那些工于心计的朝廷老油条。

王昌龄先是被贬，然后被放到江宁（现在的南京）工作。诗人心里郁闷得很，也有了情绪，满心的抵触。他的内心，想的都是别人怎么针对他，很是怨恨。这样的情绪，难以排解。

朋友辛渐要回洛阳了，王昌龄在羡慕的同时，打算亲自送他一程。其实说到底，王昌龄是想趁这个时候和朋友说说话，吐吐苦水罢了。他所写的《芙蓉楼送辛渐》，最后一句"一片冰心在玉壶"所说的"冰心"，一定是酒席上从头到尾喋喋不休的"烦心事"吧。言外之意，就是跟辛渐说："回到洛阳，要是有人问起我老王，你就把我说的那些全部告诉他们就可以了。"

从江宁到芙蓉楼所在的地方，据说有150多公里的水路。送人送得那么远，一方面说明王昌龄和辛渐朋友情重，一方面也说明诗人自己当时内心难以释怀。

元二和刘十九，谁知道他们的名字

《送元二使安西》里"劝君更尽一杯酒，西出阳关无故人"的"君"就是元二。然而这首诗红了一千多年，到今天没人知道元二的学名叫什么。有研究表明，元二出使安西正是安史之乱前的光景，当时边境不稳定，需要加强兵力防御。而安史之乱后，边境究竟发生了什么不得而知，看来是很严酷的。这个不知名的"元二"，很可能在王维的乌鸦嘴中，真的"西出阳关无故人"，再也没有回来。

而白居易的《问刘十九》中，同样的，用排辈来称呼的"刘十九"叫刘什么呢？有人说是彭城人刘轲，也有人认为是沛人刘轲。还有人认为是刘禹锡，理由是刘禹锡和白居易是铁哥们，约酒很正常。但这不可能，因为刘禹锡排行二十八，应该叫刘二十八才对。又有人深挖，发现刘禹锡的堂哥刘禹铜可能性很大，这个刘禹铜刚好排行十九，更重要的是，刘十九是洛阳一大富商，和白居易有密切的来往。

可能性大，毕竟没有证实，谁也不知道这个刘十九的真实面目。但不管是谁，能让白居易在大雪将至的时候，烧起小火炉，热酒热菜，就等你的到来——做白居易的朋友，多么幸福！

元二和刘十九究竟是谁？要真的知道这个答案，看来挺难啊。

纪叟，李白的"酒友"

李白初到敬亭山，赞叹这里太爽了，然后一而再再而三，竟然

来了七次之多。太爽了，甚至便在敬亭山脚下租了房子，把家人带来度假。

你以为李白真的只是贪恋敬亭山的美丽风景吗？这酒鬼八成是因为敬亭山脚下的"老春酒"吧。都说好酒不怕巷子深，李白坐船骑马的，长途跋涉赶来喝酒，乐此不疲，是不是太疯狂！

一开始当然是来看风景的，邀请李白来这里的从弟李昭知道老哥的爱好，尽地主之谊（李昭在宣城做长史），想办法找最好的酒来招待，更何况李白的族叔李阳冰在附近的当涂县做县令，也是个酒鬼，少不了和李白一起喝。于是，李白便尝到了敬亭山下一家酒坊的"老春酒"。一喝，不得了，李白不想走了！走了，也想办法找理由尽快回来——快别说敬亭山有多美，老春酒有多美才是重点！

一来二往，李白喝上瘾了，酒坊的老板——纪春成了他的忘年交。

对这个金主，纪春一开始以为只是个无酒不欢的酒鬼而已，但很快发现这可是大名鼎鼎的诗仙李白！如此一来，纪老板对他可是另眼相待了，不仅卖给他的绝对好酒，每次新酿出来的，也必然及时通知李白，让他先尝为快。纪叟"能礼贤士，了无吝色"，李白又是极度爽快之人，二人成为至交。

李白眼中的纪春和他的老春酒，历史真的有记录：大唐天宝年间，宣城盛烧酿之风，大小作坊有100多家，其中以纪叟名盛。

纪春长什么样？谁知道呢，可恨的是李白没给他来个外貌描写，所有的注意力都集中在酒上了。也罢，也罢，纪春也许木讷，也许有趣，也许高大，也许佝偻，关键是人家酿酒技术高超，征服了当时中国最

刁的品酒师李白。要知道，能让李白满意的酒可不一般，而一旦满意了，千山万水他也不辞辛苦，为酒而来。

所以当那一次，李白兴冲冲地坐了船骑了马坐了车赶到宣城，原以为像以往那样又和纪老板喝个痛快的时候，老师傅竟然已经走了。

震惊、伤心、惋惜，李白欲哭无泪——"老板，小李想你……呜呜……的……酒……"

宋词·序

（一）

300余年宋朝，从时间段来分析宋词，北宋和南宋是最好的分割线。和唐朝相比，有相似之处，也有大不同。

盛唐时期，一如北宋年间，都是国力强盛，文人雅士无忧无虑的年代。于是李白杜甫的作品如朝阳喷薄而出，于是晏殊晏几道父子，李清照苏轼肆意挥洒才情。唐朝中期、晚期，气数减弱，诗人也逐渐凋零，诗人的作品，以孟郊贾岛、小李杜为代表，作品大多围绕"叹息"展开。"温水煮青蛙"，这句老话形容晚唐文人似乎挺合适；而宋朝，北宋南宋的更迭没有明显的缓冲期，几乎就是断崖式的落差。所以，词人的情绪就是激昂的。毕竟，有压迫就有反抗，有侵略就有收复，南宋的历史，就是反抗的历史——当然，那都是有血气的一部分人反抗而已，他们左右不了大宋航行的方向，舵手在皇帝那里呢。皇帝也想过反抗，但是在狭隘的私心左右下，同时也在贪生怕死的恐惧中，变成诚惶诚恐的小心翼翼，以及祈求神灵保佑的侥幸。这样的环境，导致了不少爱国词人的诞生。

真的很佩服岳飞辛弃疾文天祥们，字字泣血啊。但是，他们就站在南宋皇帝掌舵的航船上，大船航行的方向由不了他们做主。他们的呐喊，注定只能一次次的，让巨浪声无情掩盖。

所有的呐喊，今天看来确实是徒劳的。但是穿越时空，那些声音却永远刻在民族精神的丰碑上，字字珠玑。

（二）

不管是婉约还是豪放，宋词都那么让人着迷。

柳永的婉约，由一个男人写出来，感觉有点不一样，不过他的地位确实毋庸置疑。毕竟连苏轼都受他影响呢。

柳永去世的时候，李清照才9岁。要是出生再早一点，婉约词的奠基人，恐怕非她莫属。

毕竟，柳永的词，更多被贴上了"艳词"的标签。据说晏几道小的时候，在父亲一众朋友面前背诵柳永的词，当场让晏殊面红耳赤。那不是"少儿不宜"吗？

李清照的婉约词，就没有丝毫的杂质。晶莹剔透，浑然天成。

"梧桐更兼细雨，到黄昏、点点滴滴。这次第，怎一个愁字了得！"

"闻说双溪春尚好，也拟泛轻舟。只恐双溪舴艋舟，载不动许多愁。"

……

或许，我对李清照是有偏爱的。

也不尽然，对宋词，偏爱的可不只是李清照。苏轼怎能不爱呢？陆游怎能不爱呢？还有辛弃疾、文天祥们。

宋词·序

面对宋词，很多人的内心是跌宕的。不像看王维的诗，可以煮一壶茶，一边笑眯眯的，一个字一个字去玩味；不像看李白的诗，可以从头到尾手舞足蹈；不像看杜甫的诗，从头到尾都在叹息。

——看李清照的词，开始是笑的，无忧无虑，如沐春风，慢慢地变成伤感，那种彻骨孤寂带来的伤感。

——看苏轼的词，感动于手足情深，感动于夫妻情深，感动于苦难仍然情深。

——看文天祥的词，感觉自己也应该像他那样，高高站在历史的高地，呐喊，呐喊，再呐喊！

……

只是，读罢宋词，内心总是一片惆怅。

无论是北宋还是南宋，为什么总透着一股哀伤呢？即使写的仅仅是景。

或者，是宋人的忧伤造就了宋词的格调吧。于是给我们一个错觉——词，似乎最适合描写忧伤。

是吗？或许是，或许不是。

宋词读多了，宋朝的历史就渐渐清晰起来。说真的，我对历史不是很了解，在此之前，甚至傻傻分不清北宋南宋。宋词像一个称职的老师，让我在作品的悲欢离合，喜怒哀乐中看清宋朝的演变。

一开始，宋词是漂着缤纷落英的桃花水，然后流进西湖，眼看一隅安然，一方明丽，却堆积着多少隐忧！当暴风雨摔打着这个残喘苟活的国家时，曾经安然的水，又变成了崖山的巨浪，成为颠覆自己的深渊……

宋词的美，背后却是宋人的痛。那种痛，你只看见，无从体会。

或许，宋词的美，更适合远远去欣赏。走得太近，心绪会跟着伤感。

入戏太深，走不出来；入词太深，也会迷失自己——即使只是暂时。

李 煜

我只想写词，为什么要我当皇帝

公元 961 年夏天，24 岁的李从嘉莫名其妙地当上了皇帝。

他就是我们熟知的李煜。

从自身难保的宫斗，到黄袍加身，李煜登基的经历一如古装剧的狗血剧情，离奇得叫人瞠目结舌。

要说写词，李煜的功力绝对一流。但是偏偏他是个皇帝，而做皇帝，他从始至终都是外行的。如果让他好好的、安静地写词该有多好！

历史没有假设，他注定是个被皇位耽误了的词人高手，结局悲惨。

哥哥李弘冀为了继承皇位，对弟弟李煜极度防范，迫害之心无时不在，一直像黑影天天罩着他。父皇觉得这娃太过分，臭骂一顿，声称要将皇位传给他叔叔。这可不得了，李弘冀一包毒药干掉叔父。父皇震怒，这样凶残的儿子，只怕以后连自己的性命也是难保。一不做二不休，干脆杀掉李弘冀。

这样一来，皇子只剩了李煜一人，他不当皇帝谁当？

大馅饼砸在李煜头上。幸福吗？不幸福！很痛！

风华正茂的小李可能没想太多，就算不是自己想要的皇位，毕竟来得不费工夫，来都来了，不如笑纳！

李　煜

　　事实上，李煜已经不算是真正的皇帝了。就在登基的前一年，赵匡胤发动陈桥兵变，夺取帝位，建立宋朝。这赵匡胤很快就消灭了各方割据势力，势如破竹。李煜所在的南唐，凭借长江天险偏安一隅，没有那么快被灭，但是败象已显露无遗，江山岌岌可危，宋朝天天觊觎，朝廷内钩心斗角，大臣们到处为自己找后路。内忧外患，积重难返，南唐的灭亡只是时间的问题。

　　老子挂了，留给李煜的帝位，想必一开始他是享受的。谁不想当皇帝呢，就算南唐不如以前，但毕竟瘦死的骆驼比马大。可李煜万万没有想到，悲惨的日子说来就来。他这个以填词为乐的文艺青年，词是一阕悲过一阕，他的人生，断崖式的堕入深谷，再也没有出头之日。

　　长江成为支撑南唐的最后一根线。李煜没有想到，这根线很快也断了，南唐彻底完蛋。

　　一个落榜书生出卖了南唐，他帮赵匡胤出谋划策，并且做了方方面面的精心准备。宋朝如愿通过浮桥攻进金陵，李煜这个多情的词人并没有兑现诺言自焚殉国，而是成了宋朝的囚徒，被挟持到北方的汴梁。李煜后来说，他之所以投降，主要目的是想换来宋朝对南唐百姓的善待，可是并没有，金陵城遭到了洗劫，血流成河。

　　李煜的话可能是真的，也可能是假的。但就算是真的，也未免太过天真，毕竟是文人一枚啊。

　　李煜被关在一处偏僻的小院，一举一动都在严密的监视下。没有了国家，一国之君又如何？再也没有谁拿他当皇帝，包括旧臣们。之前伏在自己身前，诚惶诚恐喊万岁的大臣们，如今一个个都忙着出卖自己，向宋朝献身。保命和晋升，是他们不约而同的选择。

丧国之君内心的苦闷可想而知，可是他敢说吗？又有谁听他说呢？话一出口，谁知道就会惹来什么祸端。

不说话，那就写词吧。这一点跟一般的文人没什么区别，纵观封建社会那么多诗人词人，他们最得意的作品往往都是在人生最低谷的时候喷薄而出的。

一个春寒料峭的夜里，李煜被冻醒了，窗外雨水潺潺，似乎除了他之外，全世界都在美梦中。

相比身体的冷，来自内心的冰寒更让他难受。那种寒冷是彻骨的，无边的彻骨。

披衣下床，挑亮孤灯，摇曳如豆。

一声长叹，李煜挥毫疾书，内心无底的悲怆化成一阕《浪淘沙》：

帘外雨潺潺，春意阑珊。

罗衾不耐五更寒。

梦里不知身是客，一晌贪欢。

独自莫凭栏，无限江山。

别时容易见时难。

流水落花春去也，天上人间。

——李煜《浪淘沙令·帘外雨潺潺》

"梦里不知身是客"，席慕蓉很抒情地用过这一句，来描写她离开内蒙故土的乡愁。当代诗人轻松的一句，就足以表达内心的渴望，可是李煜呢？他被囚禁着，却又不敢直接说自己是囚徒。"客"，又

李 煜

哪里是什么别人的座上客呢？

"流水落花春去也，天上人间"。国破山河在，而如今，连山河都已经不再属于自己。

公元976年，赵匡胤突然驾崩，他的死，竟然间接提前了李煜的死。

皇弟赵光义接替皇位，他对李煜越发看不顺眼。其实虽然李煜沦为宋朝的门下囚，到底赵匡胤还算是个仁慈的人，对李煜并没有赶尽杀绝的恶毒用心。而心胸狭窄的赵光义就不一样了，他觉得李煜的存在碍手碍脚，甚至并不安全。

赵光义比哥哥赵匡胤更加"关心"李煜的生活起居，常常让李的旧臣去探望他，了解他的情况，实际上是随时掌握他的心理状态。

某天，旧臣徐铉又奉命前来探望李煜。

那天，李煜心情特别郁闷，刚写了一阕新词，坐在阶前，仰望头顶的一方天空沉默不语。

徐铉推门而入，毕恭毕敬地请安。到底是南唐一起过来的，怎么样都是亲切一些。

要是平时，李煜也不会多言，毕竟再多的言语也是多余，不如沉默。这次也许是太情绪化了，一番叹息之后，李煜冒出一句："我真后悔当初杀了潘佑、李平啊……"这两个人当初劝李煜奋力抵抗宋军，要是听他们的，就算抵挡不住，也不至于如此窝囊，让天下人耻笑。

"那……最近写了什么新词呢？"

李煜想也没想，就展开墨迹未干的纸张，一阕新词让徐铉大吃一惊。这阕词，正是著名的《虞美人·春花秋月何时了》：

> 春花秋月何时了？往事知多少。小楼昨夜又东风，故国不

堪回首月明中。

雕栏玉砌应犹在，只是朱颜改。问君能有几多愁？恰似一江春水向东流。

——李煜《虞美人·春花秋月何时了》

回到宫中，徐铉不敢相瞒，将李煜说的话，写的词都一五一十告诉赵光义。

对赵光义来说，这可不是什么好的迹象。就算李煜是瓮中之鳖，也不能大意，万一勾结了旧党，后患严重。

不久，到了李煜的生日。赵光义派人给置办寿辰，张灯结彩，饮酒弹琴，平日冷清的居所显出一派少有的喜庆。

李煜自然也是开心的，事已如此，人家还是尊重自己，他总算得到些许安慰。

正举杯，有人送来一壶精美的花雕，特意告诉李煜，是皇上赐的。李煜不笨，他一下子明白了——赵光义没放过他！

和妻子小周后相拥而泣。在死一般的静默之后，李煜抽出《虞美人》，让小周后吟唱。

唱罢，李煜举起酒壶，一饮而尽……

这种最毒的"牵机酒"进入腹内，毒性很快发作，痛苦的李煜蜷成一团，像只煮过的虾一样，气绝身亡。

李煜，那个浪漫多情的词人，那个没坐过一天安稳帝位的君王，在他的生辰之日走完了悲惨的一生。

流水落花，39年的南唐在历史长河中惊鸿一瞥。那个"跨界"当皇帝的词人，结束了自己的生命，泯灭了南唐的香火。

柳 永

再失落,还是有人在乎你

他好像很春风得意。在杭州，不知道多少歌女把他当偶像，甚至当衣食父母。

他其实很失落。一次又一次，一次又一次落榜；皇帝明明很喜欢他的作品，却又指名道姓，不让他考上。正史甚至不屑于写他，因为他的作品"上不了台面"。

但即使这样，他还是收获了很多人的在乎。

包括视他为衣食父母的歌女，更包括穿越时空的无数读者。

（一）

1002 年的夏天，钱塘江。

一个翩翩少年立在船头，凉爽的江风把他白色的衣袂扬起。江面上，江鸥来回翻飞。

岸上隐约传来笙箫，缥缥缈缈，好像从天外飘来一般。

靠岸，箫声隐去，却多了软软糯糯的歌声。在暮色将起的江畔，勾起少年莫名的兴奋。

收拾行装，跳上岸。

柳 永

少年叫柳三变，他要去汴京赶考。杭州，是途中必经之地。

柳三变，就是我们熟悉的柳永，那是他最初的名字。

一踏入杭州城，柳永就不淡定了。这里，是他从未见过的繁华。

洁净的街道，装饰华丽的楼宇，处处笙歌，处处曼舞。

随便在哪里一走，哪里一坐，目及之处，全是风景。

看不够，品不够。遍布杭州城的青楼，很快就成了柳永最喜欢的地方。

这里的歌女，一个个才艺俱全，善解人意。

初来乍到，竟然让他有似曾相识的亲切。

一天，身着紫衣的歌女一曲唱罢，泪眼婆娑，楚楚可怜。

歌女悲惨的身世让柳永久久不能语。他很同情，歌女都不是一般人，平时以光鲜华丽示人，很难对别人敞开心扉。

能得到歌女的信任，并不是谁都能享受得到的待遇。

柳永才华横溢，写词对他来说轻而易举。他开始为歌女们写词。

紫衣歌女唱着柳三变为他写的新作，如同春风吹过，很快就传遍杭州城。如春风吹过，谁都知道杭州城来了个鲜衣怒马的才子。

渐渐的，柳永的住所就不平静了。求词的歌女络绎不绝，谁都以求到他的词作为荣。

美丽繁华的杭州，真正让柳永移不动脚步了。

快乐的日子过得真快。柳永竟然一下子在杭州城待了一年。

这个繁华都市，让他相见恨晚。他看不够，吃不够，玩不够。

所见所闻，有感而发，于是他写下了著名的《望海潮》：

东南形胜，三吴都会，钱塘自古繁华。烟柳画桥，风帘翠幕，参差十万人家。云树绕堤沙。怒涛卷霜雪，天堑无涯。市列珠玑，户盈罗绮，竞豪奢。

重湖叠巘清嘉。有三秋桂子，十里荷花。羌管弄晴，菱歌泛夜，嬉嬉钓叟莲娃。千骑拥高牙。乘醉听箫鼓，吟赏烟霞。异日图将好景，归去凤池夸。

这首词，把杭州城的盛世繁华写到了极致：风景优美，百姓生活富足。简直就是浓墨重彩的一幅理想蓝图。

据说，这词直接就把完颜亮惹馋了。什么"市列珠玑，户盈罗绮，竞豪奢。"什么"有三秋桂子，十里荷花。"太吸引人了，完颜亮这些游牧民族，哪里见过这样的富裕国家？

完颜亮最后决定对大宋下手，柳永居然成了误国的罪人。

不管怎样，这首词让柳永名声大震，很多人都知道了这个来自外乡的小鲜肉。

美好的日子让柳永流连忘返。离开杭州，立刻又投入苏州的怀抱，接着又来到扬州。

人间仙境，最是苏杭。柳永对这样的生活，欲罢不能。

（二）

1008年某一天。柳永收到父亲的来信。

这已经不是第一封信了。还没看，他就知道父亲说的什么内容了——又是催催催，哼！

柳　永

果真，父亲又是一顿苦口婆心，劝他尽早北上汴京，快点参加科考。

柳永一开始还有点反感，展开信的时候，他突然就有点清醒了。

出来多年，当时不就是赴考的目的吗？谁想到竟然在途中逍遥了6年啊。

逍遥的时候确实享受，可是回头一想，除了江湖名声之外，什么也没得到。

我最大的梦想，不就是考取功名吗？没有功名，以后怎么混？

这么一想，柳永惊出了一身冷汗。幸好父亲提醒，否则一辈子很可能就毁在苏杭了。

赶紧收拾行装，花几天时间和各路朋友告别，免不了一番互赠诗文，一番鼻涕眼泪横流。不管怎么说，柳永总算赶到了汴京。

父亲总算放下了一颗心。柳永毫不在乎。

迟了就迟了呗。不就是科举考试嘛？有啥难的。

想想本少爷才高八斗，苏杭上下哪个不唱我的词作？呵呵，如今天下，谁的文才能与我相提并论呢？反正我还没见到过。

柳永心里默念，觉得还不够刺激，唰唰唰就改了签名："定然魁甲登高第。"

1009年3月，终于等到了殿试举行的那一天。

正是春风得意，衣袂飘飘的柳永目不斜视，迈着六亲不认的步伐走进考场。

呵，过了这两天，很快就公榜告知。到那时候，估计杭州苏州那边，我的那些粉丝们恐怕会组团跑到汴京来贺呢……

事实上，柳永还沉浸在苏杭的美梦中，还没醒呢。

很快，张榜公示的日子来了。

柳永拨开里三层外三层的人群，对着公榜找自己的名字。

最上面的，没有；往下，也没有。柳永慌了，两只眼睛像扫描仪一样高速运转。

——还是没有！一身汗很快冒了出来。

"爆冷啊，我都不中？"柳永觉得很不可思议。明明考的东西都没什么难度啊，怎么会是这样的结果？

郁闷了几天以后，他才听说，皇帝最讨厌华而不实的作品。

"读非圣之书，及属辞浮糜者，皆严遣之。"

柳永文笔细腻，浮华浪漫。正是皇上讨厌的那种文风。

关起门来，狠狠地诅咒一顿皇帝祖宗十八代。

一夜无眠，柳永挥毫狂书，把内心的不平写下来。

黄金榜上，偶失龙头望。明代暂遗贤，如何向。未遂风云便，争不恣狂荡。何须论得丧？才子词人，自是白衣卿相。

烟花巷陌，依约丹青屏障。幸有意中人，堪寻访。且恁偎红倚翠，风流事，平生畅。青春都一饷。忍把浮名，换了浅斟低唱！

——柳永《鹤冲天·黄金榜上》

他先是自我安慰，说"我不过是偶然失去取得状元的机会。即使在政治清明的时代，君王也会一时错失贤能之才。"

柳 永

然后说一堆气话："我干吗为这破考试患得患失啊,做一个风流才子,为歌女写词不香吗?我身着白衣怎么了?哪一点比公卿将相差!"

再然后,继续气话:"青春短暂,什么鬼功名啊,还不如喝点小酒,唱点小曲来的惬意呢。"

说是这么说,他对科举考试还是没办法放弃,还要搏一把。

不知道为什么等到6年以后,柳永才第二次走进考场。

是不是玩心又起了?谁知道呢。

这一次,看来柳永还不吸取教训,或者他根本就不打算改变文风。毕竟6年的时间,他的名气比之前更大了。

但是很失望,又落榜了!

又过了三年,柳永第三次参加科考。

很不幸,这一次还是落榜了。

其实,当时宋仁宗还是柳永的粉丝呢?但喜欢归喜欢,词是拿来消遣娱乐的,总归上不了台面,治理国家,词写得好有什么用呢?

到进士放榜的时候,宋仁宗看着柳永的卷子,冷笑一声,把他的名字唰唰划掉。

看着主考官惊愕的眼神,仁宗悠悠地来一句,意味深长:"既然想要'浅斟低唱',何必在意虚名?"

可怜的柳永,被皇帝判了科考"死刑"。

(三)

春寒料峭,彻夜难眠。

柳永一页一页地撕下备考资料，点燃了，任灰烬在风中凌乱。

这时候的柳永只有愤怒。

他的二哥已经考中。

这真的好可笑。兄弟三人，论名气，老大老二加起来，还没有他老三一个人的一半大。

为什么是这样的结局？

大哥捎了信，安慰他，说再来呗，我不是也没考上吗？

二哥找到他，给他一堆用过的复习资料，给他划重点。

哈哈哈，柳永仰天大笑："我年已不惑，再考也是没用，不考啦！"

不是让我去填词吗？老子就成全你，填词去！

柳永再次修改个人签名——"奉旨填词柳三变"。

然后头也不扭，坐船南下，一头扎进烟花柳巷。

也许多年前的柳永，已经确立了自己的"江湖"使命：他本就让上天注定，定位成填词达人，不管怎么兜兜转转。

这么一来，柳永可算是久旱逢甘露，又如鱼儿入大海。

那可太爽啦。

他词情迸发，灵感如滔滔江水一泻千里。一首首让人叹为观止的词作如雨后春笋。

没有一处青楼不回响柳永的词，没有一个歌女不以唱柳永的词为荣。

有一天，一个叫小青的歌女找到柳永。

她怯生生的，想求柳永给她填词。

一聊，才知道小青从遥远的西北来，家里只有年迈的爷爷，生活很苦。北漂，希望能因此改变生活。

小青从小精学音律，琴棋书画都不错。都是翻唱别人的作品，在汴梁"漂"了近十年，也没有熬出个样子。

柳永一口气给小青填了几首词。

很快，小青凭借新词迅速走红，在汴梁成为炙手可热的歌女。

越来越多的歌女来找柳永。

在当时，歌女的地位是非常低的，如果不是生活所迫，有哪个女孩愿意去走这条路？每一个歌女的背后，都是说不尽的辛酸泪。

柳永愿意去倾听歌女的诉说，尽自己的能力去帮助她们。

在他的眼里，歌女都像是他的姐妹一样。所以在词作中，融入了她们的悲欢离合，酸甜苦辣。

"凡有井水处，即能歌柳词"。

柳永的才华，士大夫们嗤之以鼻，底层百姓却喜欢得不得了。尤其是把他视为实力派偶像的歌女们。

等到柳永69岁去世的时候，身无分文的他，没有亲人为他置办后事，竟然是无数的歌女，筹钱来给他安葬。

（四）

人生易老，柳永转眼就50岁了。

就在他对功名已心灰意冷的时候，朝廷传来好消息——这一次科举考试，放宽条件，给那些历届落榜考生录取的机会。

有人说柳永还是一朝被蛇咬，三年怕井绳，为了保证能录取，他改名了，把"柳三变"改成"柳永"。

这个说法可能不靠谱，但不管怎样，他真的被录取了。

50岁终于考取功名！这样的喜悦，和孟郊可有得一比。

前者欣喜若狂，策马狂奔，癫狂高呼："一日看尽长安花！"

柳永呢？一代才子，怎么会放过直抒胸臆的机会。当然，他不写诗，他填词。

> 东郊向晓星杓亚。报帝里，春来也。柳抬烟眼，花匀露脸，渐觉绿娇红姹。妆点层台芳榭。运神功、丹青无价。
>
> 别有尧阶试罢。新郎君、成行如画。杏园风细，桃花浪暖，竞喜羽迁鳞化。遍九陌、相将游冶。骤香尘、宝鞍骄马。
>
> ——柳永《柳初新·东郊向晓星杓亚》

哈哈，好个柳永，不就是嘚瑟吗？却嘚瑟得那么有才，真不愧是歌女争相结识的大词人啊。

之前对官场满不在乎，现在奋不顾身抓住最后的机会。呵呵，柳永的内心深处，对考取功名还是一直耿耿于怀啊。

那么，柳永是不是从此飞黄腾达，完成人生理想呢？

算是吧，如果要求不高的话。

事实上，柳永当官以后，他眠花宿柳的人生经历还是让上层看不起，所以晋升的机会，几乎没有。

就算他兢兢业业，让老百姓很爱戴，最后还是只能做一个小官。

好在，柳永体现在词作上的才华，获得了人们的喜爱。一直到今天，我们还能在他唯美的作品中，品读一代才子跌宕起伏的精彩人生。

曼 殊

我的运气怎么那么好

宋初,从江西到开封到处在传播一个消息:说江西抚州有个小屁孩,才五岁呢,就能写诗填词了。

小屁孩就是晏殊。

14岁那年,当地官员非常自信地推荐晏殊参加科举考试。在人们为了考取功名,历经挫折以后,只能以"三十老明经,五十少进士"老话聊以自慰的时候,这个晏殊非常镇定地走进考场,并且飞快地完成了答卷。

晏殊这种少年老成的气质打动了皇帝宋真宗。果然是名不虚传啊!爱才的宋真宗是真的是喜不自胜,他甚至迫不及待地"提前录取"了这娃,说不管最后是什么样的分数,晏殊就是进士的待遇!这跟现在凭借特长得以清华、北大提前录取有啥区别?别妒忌人家,人家不拼爹,完全靠实力。

不过还真是有人妒忌啊。当时的宰相寇准就"好心"提醒宋真宗,说这个晏殊可是南方人,千万防着点。宋真宗摆摆手,哈哈大笑,说你想多了,大唐的张九龄不是广东人吗?人家可是数得着的良相。

晏殊的考试传奇还在继续呢。过了两天，他接着考诗、赋、论。试卷发下来，小晏扫了一眼，眉头就皱起来了——切，这不小儿科吗？我都做过了，再写没意思啊。小手一举，任性的晏殊提出要求，请求换个试题！

参加高考的你，要是遇到昨天老师刚讲过的题目，那还不得乐死啊。可是天才的格局就是不同凡人啊，人家想也没想就要求换试卷！这消息传出来，有人说他作，更多的是佩服他艺高人任性。皇帝本来就一直关注这小子，这么一来他更是睡不着，或者睡着了又笑醒几次也说不定。为什么？这娃太诚实了！哪个皇帝都想要忠臣，诚实是忠的前提呀！

阅卷结果，宋真宗果然大为赞赏，于是龙颜大悦，授予他秘书省正字官职。

晏殊的诚实，在生活中不断得到验证。

宋真宗想给太子物色一位品德高尚的大臣做老师，第一个就想到晏殊。他知道晏殊跟别的官员不同，在别人的业余生活都在旅游、饮酒作乐中度过的时候，晏殊却能安静地闭门读书学习，很严谨，做太子的老师很合适。

谁知道几天后，晏殊却说：“谁不想喝酒娱乐，谁不想说走就走到处旅游啊？我刚工作，没钱，等我有了钱，这些我也会做呀！”皇帝听了哈哈大笑，他不仅没改变主意，相反更坚定了自己的决定。像晏殊这样讲真话的，真没几个，不要他要谁？

凭借独特的人格魅力，从才学到道德修养，晏殊迅速成为皇帝心目中一个完美的形象。天子看人，看走眼的时候比比皆是，不过，晏殊的确让他看得很准。

晏殊担任"左庶子"（大概是太子办公室副秘书长的职位）的时候，宋真宗每当遇到自己拿不定主意的政事时，都喜欢问一问晏殊。辅佐皇帝的大臣多着呢，按照晏殊的职位，本来也轮不到向他咨询政事，为了不让人猜忌，皇帝都是给晏殊"传纸条"的，秘密进行。晏殊呢，对所有的问题都会非常认真回答，有自己的各种观点。做好了以后，他又仔细地密封好交还皇帝。这种谨慎的工作态度，宋真宗非常满意。

有如此信得过的大臣，宋真宗有多开心就有多依赖。

在古代，孝道处在很高的道德层面。所有的官员，只要父母去世，都必须辞官回家守孝3年。但是也有例外。如果这官员身居要职，无人可替的时候，皇帝也会发出诏令，让他们提前收假，归朝上班。这种特殊的情况，叫"夺情"或"夺服"。

晏殊的父亲去世时，他当然照例辞官回家。亲人去世，伤心是必然，不过能从繁忙的政事中抽身而出，暂时轻松三年，恐怕晏殊也是偷着乐吧。只是他高兴太早了，还没等到他做出趁着假期出游的计划，皇帝的诏令就下来了——"夺情"！

没办法，皇帝其实也不是冷血动物，可是他也没辙啊，没有晏殊在身边，很多政事他无计可施，根本就没有头绪。嗨，当你依赖惯了某个人，突然某天依赖不到的时候，你就会抓狂。

再过几年,晏殊又失去了母亲。不能完整给父亲守孝三年,这个孝子一直很内疚,感觉太对不起先父。到了母亲,一定不能再留遗憾了。所以呢,小晏郑重其事地给皇帝打了报告,希望不要再"夺情",好让他不再有遗憾。

然而他还是再次遗憾——皇帝不批!呜呜,可以想象到晏殊捏着被退回来的请假报告,满脸不爽的画面。

遗憾是遗憾了,但这样的"待遇"也足以表现晏殊在皇帝心中的地位太重要。

晏殊的官途没什么波折,最后当到了宰相。

不过,在"百年无事,天下太平"的和平时代,加上宋代皇帝集权,官员互相制约的官制,让当时的官员难有大的作为,包括宰相也是如此。

历数晏殊的贡献,最大的恐怕只是兴办学校了。五代以来,学校都荒废了,正是晏殊大力提倡办学,这为宋代培养了大批高质量的人才。范仲淹、欧阳修、王安石、富弼等名扬天下的学士,不是出自晏殊的门下,就是得到晏殊的大力推荐。

总的来说,晏殊当官的日子实在太清闲了,没有太多的事情可做。这就为他写词提供了足够的精力和时间。在悠游的岁月里,晏殊留下了一万多首词,诗文也有很多。

生活富足,闲情逸趣,晏殊的作品以婉约的词风为主,写物写景写人。我们现在知道的很多古代诗人词人,现实的残酷才激发出他们惊世骇俗的作品来,要是平淡的生活,未必能写得出好作品。晏殊可

不是，他实在是上天派来写词的高手，很多似乎信手拈来的作品，却能让人玩味异常，流传到今天的不在少数。

就看这一首吧，不知道是不是和我一样，叹为观止呢？

一曲新词酒一杯，去年天气旧亭台。夕阳西下几时回？

无可奈何花落去，似曾相识燕归来。小园香径独徘徊。

——晏殊《浣溪沙·一曲新词酒一杯》

晏几道

我是上天派来写词的"贾宝玉"

美国总统老布什的夫人芭芭拉·布什曾傲娇地说过一句话，至今没人敢叫板："我这一辈子做成了一件事，那就是嫁给了一个总统，生下了一个总统。"

其实早在900多年前，中国宋朝的一个普通妇女，她要是也傲娇地说一句："奴家这辈子只有一件称心事，那就是嫁给了一个大词人，生下了一个大词人。"恐怕也没什么多少人敢叫板吧。

那个妇女嫁给的大词人是晏殊，生下的大词人是晏几道。

1038年5月29日，宰相晏殊家里喜气洋洋，他的第七个儿子呱呱落地。看着眉宇俊秀的幼子，47岁的晏殊喜不自胜，给他取名晏几道。不知道他有没有预感到，这孩子是那么完美地继承了他文学的基因。

不管晏殊有没有想过，晏几道从小就表现出异于常人的天赋。才5岁呢，就能随口背出很多诗词了。有一次晏府的宴会上，高朋满座，晏殊不是想炫一下儿子吗，于是将晏几道喊来，让他当众给宾客们背几首诗词。这熊娃才不怯生，双手一背，小脸一仰，竟然脆生生地背出柳永的词……这都什么啊，柳永写的都是"花间词"，少儿不宜的。

老子晏殊面红耳赤，赶紧把晏几道赶走。原来，晏殊偶尔和朋友谈诗论词的时候，念过柳永的作品，谁知道竟然让这娃娃记住了。

聪颖过人的晏几道简直就是当年老爸的翻版。当年，几岁的晏殊名气从江西传到开封，连皇帝都巴巴地等着他快点来参加科举考试。而今天，生在宰相府里的晏几道，知名度更广，文武百官无不知晓晏宰相的七公子是天才。

本来就含着金钥匙出生，更何况还是少有的天才，可想而知晏几道有多让人羡慕。看看他少年时写的诗"金鞭美少年，去跃青骢马"，闭着眼睛都能想象到一个豪门公子的模样。

17岁那年，父亲晏殊突然去世。

不得不说，晏几道能得到万千宠爱，除了得益于自身的天才条件外，更重要的是有宰相父亲的荫护。想想，每天出入宰相府的高官们，拍马屁的，真心喜欢的，谁不夸着他呀。而今大树一倒，晏几道要面对的生活一定是发生改变的。

当然了，瘦死的骆驼比马大。宰相的家庭嘛，再怎么家道中落，家底还是殷实的。更何况晏殊生前极为得到皇帝的重视，他去世了，晏家也仍得到皇帝的格外照顾。而且晏几道的六位哥哥也已经当官，两个姐姐嫁的也是高官。

如果，如果……我们来假设一下——如果晏几道的情商再高一点就好了。凭他们家的政治资源，只要他愿意，晏家肯定还能一如既往的——就算没那么辉煌，也还是锦衣玉食的。可是他真的有点让人着急啊，失去了父亲的他并没有迅速成熟起来，甚至没有从感觉良好的生活氛围中走出来。也许在他看来，父亲走了就走了，皇

帝不还是那么看重我家吗？家里每天照样人来人往，各种大人物一样出入晏府。

是不是没有生活压力的孩子，总是难以真正长大？

所以他傲慢的态度一点都没变，甚至连大文豪苏轼也看不上眼。

早闻晏几道大名的苏轼，某天心血来潮，觉得该拜访拜访这个大词人了。但是冒昧拜访也不太好，苏轼于是想到了黄庭坚，他跟晏几道可是老铁，让他搭线不会有问题。

可是黄庭坚的信息一发过来，晏几道翻白眼的表情立马丢过去，悠悠地来一句："今日政事堂中半吾家旧客，亦未暇见也。"意思说，你也不看看，今天政事堂中的那些大腕，有一半以上是经常来我家的，我连这些人都没空见呢，你就免了吧，别来烦人了。啧啧，自我感觉实在太好了。

就是这样，晏几道不愿意搭理别人，懒得处理各种人际关系。他没有任何危机感，每天感觉良好地生活在以前的舒适区。时间一久，父亲留下来的各种关系链逐渐生疏，断裂。晏家，开始步入《红楼梦》中大观园的结局，而主人公晏几道，则不幸变成了"贾宝玉"。

晏几道的人生，自从老爹去世以后，从高处越滑越深。

老爹当宰相时，光明磊落，甚至没有任何政治污点。可是晏几道偏偏乱入了政治风波中，险些身陷囹圄。

晏几道有一个朋友叫郑侠，此君像苏轼一样，极力反对王安石变法。1074年，他画了一幅《流民图》，向朝廷上奏。这下惨了，当权者仗着有皇帝撑腰，将郑侠捉拿归案，严加治罪。要命的是，官衙在郑侠家搜寻证据时，找到一首晏几道写的诗——《与郑介夫》：

晏几道

> 小白长红又满枝，筑球场外独支颐。
> 春风自是人间客，主张繁华得几时？
>
> ——晏几道《与郑介夫》

不管你写的什么，人家咬定你是嘲讽变革者——抓！逮捕入狱！

好在皇帝宋仁宗欣赏晏殊，也欣赏晏几道的词，放了他一马。

但是这样一来，晏几道的生活际遇越来越窘迫。

他也曾经拉下面子去求官——还是向自己以前的学生求的，可惜那个叫韩维的颖昌知府不念旧日师生情，残忍拒绝，还当面冷冰冰丢下一句：你是很有才，但是你人品有问题！

其实他也是有过咸鱼翻身的机会的，可惜……唉！

宰相蔡京向晏几道求诗。如果是别人，应该是千载难逢的机会吧，只要趁机夸一下对方的"丰功伟绩"，奉承一下，拍拍马屁，当官求职还有什么问题？可是晏几道偏不！写倒是写了，却一个字也没涉及蔡京。

结果，可想而知——蔡京从此懒得搭理他。

一辈子，晏几道都没有做什么像样的官。这跟他的才华，跟他光彩照人的家世一点也不般配。

好友黄庭坚在评价晏几道的时候，毫不留情地说出了他的四个弱点（所谓四痴），前两个正是他个性的体现：身为宰相公子，但是却不用这些资源；明明文章写得好，却不好好利用晋身朝堂。

不屑，毫不在乎。这些特点，或许看起来让人有点佩服，但现实啊，又不是让你去做坏事，用自己的才华去过更好的生活，也让自己的亲

人过得好一些，那不也是一种生活能力吗？

反正，晏几道就是不在乎，即使家里都揭不开锅了，他还是有钱就喝酒，流连于朋友圈的各种低级娱乐场所。

或者，他索性就破罐破摔了——至少还能写词玩。

上天也许真的很公平，关闭了晏几道的仕途之路，却打开了他的写词之门。这个和父亲晏殊一样的词人天才，在这阶段源源不断地创作出无数的作品。神奇的是，晏几道不仅遗传了父亲的文学基因，甚至连词风都一脉相承，写的都是"花间词"，即以女性题材为主。只不过，老子身居高位，仕途春风得意，写的词雍容典雅；儿子穷困潦倒，处处失意，纵使逃避躲进"花间"温柔乡，字里行间还是掩盖不住透骨的孤独感伤。

还是庆幸晏几道独特的性格吧。要不然，也许我们今天就欣赏不到他那些唯美的"花间派"词作了。因为，按照他的性格，就算勉为其难进入朝堂，也断不能有父亲晏殊的宰相成就，当官场磨平了他创作的棱角，还能有多少文字让我们去把玩叹息呢？所以，与其说去叹息他的"不争气"，倒不如惊叹他就是那个穿越到宰相府的"贾宝玉"，那个家道中落以后，以"写词为生"的"贾宝玉"。

读一读他的《临江仙·梦后楼台高锁》，也许你也会和我一样，觉得晏几道虽然不完美，但作为词人，恐怕这是上天给他最好的安排。

梦后楼台高锁，酒醒帘幕低垂。

去年春恨却来时。落花人独立，微雨燕双飞。

记得小蘋初见，两重心字罗衣。

琵琶弦上说相思。当时明月在，曾照彩云归。

李清照

千古才女,又爱又恨的女汉子

18 岁，李清照和 21 岁的赵明诚结婚。

45 岁，丈夫病故。

20 多年夫妻，李清照和赵明诚既是夫唱妇随的恩爱楷模，又有"清官难断家务事"的一地鸡毛。

又爱又恨，或许正是千古才女李清照的真实内心。

（一）

傍晚时分，汴京郊外。

夕阳像喝醉了一样，晃在远处的山头跌跌撞撞。炊烟四起，暮色悄然酝酿。

开满荷花的湖面突然一阵骚动，随着此起彼伏银铃般的笑声，荷叶像被风吹一般急剧摇动，受惊的鹭鸟扑棱扑棱四散而飞。

几个妙龄少女，正抢着划船呢。天晚了，急着赶回岸边，却不曾想越急越糟糕，七拐八拐的，小船竟给划进荷塘深处了。

疯玩了一天的小姐妹，以紧张、狼狈、兴奋的高潮结束。这一幕，让其中的一个女孩在几年后写成词，留到了今天。

这个女孩就是李清照，她写的那首词叫《如梦令·常记溪亭日暮》。

李清照

> 常记溪亭日暮，沉醉不知归路。
>
> 兴尽晚回舟，误入藕花深处。
>
> 争渡，争渡，惊起一滩鸥鹭。
>
> ——李清照《如梦令·常记溪亭日暮》

某一天，车上的电台飘出一首歌。瞬间周围一片平静——蔡琴独特的嗓音在流淌，唱的正是李清照的《如梦令》。原装的词，没有丝毫改动，词中的意境，在歌者忘情的吟唱中如同黑白电影般，一帧帧接替变幻而出。

可我还是觉得不完美。歌曲是浓浓的怀旧风，听了会有一种不能自拔的忧伤感。而这首词，字里行间却是没有丝毫伤感啊，那时的李清照，十四五岁，正是将笄之年呢，哪来的愁滋味？

确实是的。少女时代的李清照，家里有大学士父亲李格非，母亲也是知识女性，住在汴京李家大宅，生活优越。更重要的是，李清照从小性格外向，天资聪颖，加上在浓郁的文化家庭氛围下，她每天和男孩子一样写诗填词学文，疯玩疯跑，全然没有"大家闺秀"的矜持。父亲也不阻拦，任由她野蛮生长。

汲取了太多的文化给养，又在自由的环境下生长，李清照的少女时光灿烂多姿。看看，带上几个伙伴，划着小船疯玩了一天呢，还偷偷喝了酒，兴许还喝了不少呢，否则怎么连回家的路都认不到了？几个女孩子家，你一言我一语，吵着笑着，个个抢着导航，最后不幸"误入藕花深处"……在当时，李清照的这些举动，在女孩子家算是太另类了。

自由烂漫，无拘无束，年轻的李清照独特、灿烂，那是她人生最

美好的年华啊。

（二）

在封建社会，婚姻大多靠运气。父母给你找的另一半，合适最好，不合适也得将就。

李清照是幸运的，因为她过人的聪颖吸引了太多人。所以，父亲李格非便有了更多的选择空间，来帮女儿选婿。

李格非可不是一般人，他在宋词的历史上没什么存在感，但毕竟是"苏门后四学士"之一啊。"苏东坡学生"的身份足以看出他是颇有才华的——否则也不会带给李清照良好的文学基因，当然更不可能让女儿从小接受诗词教育。

当有一天，父亲告诉李清照，说今天有位太学生要来家里做客的时候，冰雪聪明的她就猜到，"太学生"是冲自己来的。

惊慌，好奇，兴奋，憧憬，各种心情充溢了少女的心。

偏偏她又不像别的女孩那样，羞答答躲在闺房不出来。

跟往常一样荡完秋千，李清照抑不住好奇心，连汗都顾不上擦干，就小心翼翼地踮着脚走出来，看看客厅是否已经来了"客人"。

正探头探脑，客人却在这个时候推门而入，伴随杂沓的说笑声。慌乱中，女孩看到了一个陌生的侧影。高而方正的巾帽，宽博的青色长衫，看起来应该是高大的身架。

不容她看仔细，主宾寒暄着就走到了客厅。李清照赶紧扯着裙袂溜之大吉，却不甘心，情急之下赶紧扭头——窗外一树青梅，缤纷如霞，两三枝都举到了窗台上。机智如斯，李清照顺势凑过去，假装陶醉地嗅起花香来。

这幅画面，成就了李清照的代表作《点绛唇·蹴罢秋千》。

蹴罢秋千，起来慵整纤纤手。露浓花瘦，薄汗轻衣透。

见客入来，袜刬金钗溜。和羞走，倚门回首，却把青梅嗅。

而来客赵明诚的模样，早就在女孩的偷眼之中，被看得清清楚楚。这一见，李清照笑了，眼前的赵明诚，正是自己心目中的白马王子啊！

也许是"和羞走"的姿态，也许是清新如甘露的《点绛唇·蹴罢秋千》，也许两者都有，赵明诚对李清照十分满意。

门当户对，两情相悦。走进婚姻的李清照十分快乐，举案齐眉，温馨甜美。

结婚没多久，赵明诚以"恩荫"的身份出任鸿胪少卿，就是官运亨通啊。对这个小家庭来说，自然是喜上加喜，对未来充满了期待。

但是5年后，风云变幻的官场，让赵明诚的父亲从一个宰相变成罪臣，罢相5天后就死了。

作为罪臣之一，赵明诚只能离开京都，和李清照回到青州。

那十多年，也是李清照和丈夫"仙居"的时期。李清照帮助赵明诚完成了结婚开始就创作的《金石录》。生活虽然清苦，但是两个人过着神仙一般的生活，赏文物，写诗写词，没有外界纷扰。这段时间，也成了李清照之后不断怀念的美好岁月。

这夫妻俩是真正的古玩发烧友，对各种文物的收集乐此不疲。到后来，收藏的文物竟然堆满了五六个房间。以至于战争爆发之后，李清照为了保住最后的重要宝贝，花费了很多金钱和精力。

李清照爱喝酒，甚至还精于赌博。对一般人的赌博，她历来看不上眼，觉得都是小意思。她甚至还写出了一本赌博攻略的书《打马图

序》，在当时的社会来说，赌博是一种很正常的娱乐活动。乐于赌博，可见李清照心态很轻松，生活基本上还是很惬意的。

小夫妻俩，虽然生活也有不如意，但毕竟夫唱妇随，也算是有共同语言，小日子过得神仙似的。

（三）

当年李清照和赵明诚那么顺利结婚，应该说跟李父李格非和赵父赵挺之同为朝廷大官有关，门当户对，两人关系也不错。

这样的亲家，不知让多少人羡慕。

但是羡慕都是表面的，最起码当灾难来临的时候，这样的"门当户对"立刻变得不堪起来。

两人结婚的第二年，李格非被列入"元祐党人"的名单内。那是反对王安石变法的人员，要依法处置。

这样，李格非被罢去一切官职。

而另一面，赵挺之却是靠不遗余力地排挤元祐党人而步步高升的，升到了很高的官位。这两个同事兼亲家，一下子就形成了对立面。

面对陷入困境的父亲，李清照心急如焚，努力想一切办法。

和丈夫赵明诚商量，想让他出面，在他父亲面前说一下，看能不能通融通融。赵挺之位高权重，只要他愿意，总会有办法的。

可是，丈夫不愿意出面！

李清照只好亲自跟公公求情。她还是有所期待的，毕竟帮她父亲，也是帮他自己的儿子啊。

可是开了口，却没有得到对方积极的回应。

"这个，也不是由我说了算啊！"

| 李清照 |

看着公公木然的脸，李清照只感到一股冷意扑面袭来。"炙手可热心可寒，何况人间父子情。"

在政治的黑与白面前，赵挺之明哲保身，他怎么会冒着危险来拯救亲家呢？但是，这一切在李清照看来，公公就显得很冷酷无情。

被剥夺了一切官职，李格非被迫离开京都，回到山东老家。

愤怒的李清照敢怒又敢言。我猜，性情泼辣的她，和"坚持原则"的公公赵挺之一定有过激烈的言语冲突。

新婚宴尔，因为父亲的缘故而蒙上了阴影。

祸不单行的是，就在李清照为人情淡薄而郁郁寡欢的时候，不断加剧的党争，不仅打倒了父亲，连她自己也被波及了。

一天午后，李清照收到一份官方通知，限她在5天之内离开京都。原因是，朝廷颁布了"诏禁元祐党人子弟居京"的禁令。

这下子完了，李清照也成了被驱逐的对象。

她就像个犯人一样，收拾行囊回到老家章丘。

父女是团聚了，夫妻却分开了。试问，李清照那是怎样的一种心境？

> 红藕香残玉簟秋。轻解罗裳，独上兰舟。
> 云中谁寄锦书来？雁字回时，月满西楼。
> 花自飘零水自流。一种相思，两处闲愁。
> 此情无计可消除，才下眉头，却上心头。
>
> ——李清照《一剪梅·红藕香残玉簟秋》

这首著名的词作，写尽了李清照的相思之苦，字里行间都是化不

开的离愁。而相思的苦中，又夹杂了词人欲说还休的怨恨。

两情相悦的婚姻，政治竟然成了其中一道不可愈合的裂痕。

（四）

其实，作为有太学生经历的赵明诚，尽管很欣赏李清照的文采，但是他内心并不是很服气，起码最初是这样的。

那时候，李清照的"此情无计可消除，才下眉头，却上心头。"让天下人纷纷传唱。喜欢李清照的人越来越多。

赵明诚心里有点酸酸地想，这样的词也不见得多好吧，我一样能写。

于是心生一计——埋头写了几十阕词，将李清照的两阕作品混进去，然后拿给别人看。

"嗯，写得都一般——不过，有一句倒是上乘。"对方是个老秀才，没有读过李清照的作品。

窃喜的赵明诚凑过去一看，差点没有当场吐血——老先生欣赏的，正是李清照写的"莫道不销魂，帘卷西风，人比黄花瘦。"

这事让李清照知道了，不由苦笑。内心深处，微妙的，和赵明诚之间有了距离。有一个妒忌自己的丈夫，谈什么两情相悦呢？

靖康之难后，赵明诚任江宁知府。身为知府，当然要做百姓的父母官，处处为百姓着想才对。可是很遗憾，赵明诚为官的担当几乎没有，他只顾着自己的文物，哪里有金石文物就跑去哪里，对做官根本不上心。

后来，御营统治官王亦叛乱，这可是大事啊。其实下属也察觉到了，第一时间给赵明诚做了汇报，只是这位收藏发烧友不以为然，对此漠不关心，更别说做出什么积极的应对措施了。

比不积极更严重的，是赵明诚居然临阵脱逃。这货用一根绳子，趁着夜色把自己吊下城墙，带着珍贵藏品弃城而逃。

丈夫的毫无担当，让李清照觉得实在是窝囊，特别瞧不起。但她只能随着赵明诚，风餐露宿，一路逃奔。在那个嫁狗随狗的时代，哪个女人能真正违抗夫命呢？

想想自己曾经日夜思念的人，如今却如此小人，连自己都看不起，李清照觉得太讽刺了。她恨自己怎么不是个男儿呢！要是个男儿，别说不把叛乱的小毛贼放在眼里，甚至会积极抗金。

几天后，两人坐的船漂在乌江上。

黑云低垂，江面茫茫。李清照悲从心来——这是西楚霸王项羽兵败自刎的地方，仅仅是"无颜见江东父老"，他宁可身亡。

江风凛冽，赵明诚早就缩回船舱，李清照依然伫立船头，任寒风撕扯。

著名的《夏日绝句》就在那伫立间恍惚间念了出来。

生当作人杰，死亦为鬼雄。

至今思项羽，不肯过江东。

——李清照《夏日绝句》

那一刻，李清照的眼前一定出现了南宋朝廷大臣和金国议和时卑微的笑，也一定出现了丈夫攀着绳子从城墙上外逃的丑态。

一个女人，尚且"死亦为鬼雄"，可是堂堂一个知府，竟然在大难之时逃之夭夭。李清照怎么不为之一声长叹呢？

《夏日绝句》很快就到处传抄。一开始，很多人都没想到，那么豪迈的诗歌，竟然出自一个弱女子的手中。等到知道以后，大家又都一致觉得合情合理。对一个有着深厚爱国情，敢爱敢恨的女汉子来说，这样喷薄而出的诗句一点都不意外。

后人都说，《夏日绝句》是李清照故意写给丈夫赵明诚的。这个没有一点担当的软骨头，就应该让他在字字如刀的诗歌面前受到谴责。

那么聪明的赵明诚，他一定很明白李清照的用意吧。也许他真的很自责——几年后病亡，有人说那是被李清照羞死的。

不管怎样，对李清照来说都是不堪的。那不是她想要的结果——即使真的是讽刺丈夫，那也是恨铁不成钢罢了。

也许在她内心深处，更希望和赵明诚一起收藏、研究金石文物，不要分离。只是乱糟糟的南宋，注定只是海市蜃楼的一厢情愿而已。

（五）

美好的生活太短暂，夫唱妇随的日子转瞬即逝。丈夫病故了！

屋漏偏逢连夜雨——北宋灭亡，李清照只好护着文物辗转南迁。国破家亡，一个女人的日子不知有多心酸凄凉。

48岁那年，一个叫张汝舟的小官通过各种渠道获得李清照的认可，两人结婚。寡妇再婚，在当时来说有违"妇道"，不过李清照才不管那么多，自己幸福才是最重要的。

可是她并没有如愿。张汝舟就是个渣男，他图的其实是李清照的文物宝贝。谁知道结了婚一看，因战火缘故，文物所剩无几，加上李清照如此聪明，才不会轻易把心爱的东西交付与他。结果渣男本性原形毕露，家暴开始。

以李清照的性格，她岂能容忍？去你的吧，离！可是在男尊女卑的时代，除了男方有重大过错，否则女人不能提出离婚。这难不倒李清照，有一次酒后，张汝舟曾经透露过他考中进士其实是采取了不正常的渠道。李清照便把他的这个致命污点写进状纸，以欺君之罪把张送进了监狱，如愿离婚。

奇葩的时代总有奇葩的规定——女人把男人告发入狱，女人也必须入狱3年。李清照才不管，入狱就入狱，总比跟那渣男待在一起强。更何况，咱们照姐人脉很广，只需费了一点点工夫，她也只是象征性到监狱打个卡，待了9天出来了。很多人都同情她，都尽力地想办法帮助她。真是得道多助啊。

生活归于平静。李清照不再奢望重整家庭，更何况，她的"名声"已经很狼藉，一个女人"折腾"成这样，谁敢靠近？她的生活，从此被浓浓的寂寞所笼罩。

（六）

怀念无忧无虑的少女时代，怀念夫唱妇随的甜蜜日子，李清照的后半生生活在回忆中。她写的众多词作，都是透彻骨头的寂寞，让人不忍多看。比如《声声慢·寻寻觅觅》。

> 寻寻觅觅，冷冷清清，凄凄惨惨戚戚。
> 乍暖还寒时候，最难将息。
> 三杯两盏淡酒，怎敌他、晚来风急！
> 雁过也，正伤心，却是旧时相识。

满地黄花堆积，憔悴损，如今有谁堪摘？

守着窗儿，独自怎生得黑！

梧桐更兼细雨，到黄昏、点点滴滴。

这次第，怎一个愁字了得！

——李清照《声声慢·寻寻觅觅》

每一次读这首词，总有屏息伤感之情。就算你生活很美满，这样的词作仍然让人感到寒冷。要是真的寂寞之人，会不会真的不忍读一个字呢？

一个女人，一个堆积一身凄凉的女人，李清照把婉约派词作写到了极致。不过，和她亦温柔亦豪放的性格一样，她要么不写豪放词，要么就一鸣惊人。

晚年的一首《渔家傲·天接云涛连晓雾》让世人惊呆。通过与天帝的对话，表达了词人对现实的不满，对理想境界的期盼。这让习惯了李清照"婉约派"词的人来说，这样的豪迈真正有点吓人。不过我觉得，那时候的李清照，一定是厌倦了人世，你觉得呢？

天接云涛连晓雾，星河欲转千帆舞。

仿佛梦魂归帝所。

闻天语，殷勤问我归何处。

我报路长嗟日暮，学诗谩有惊人句。

九万里风鹏正举。

风休住，蓬舟吹取三山去！

——李清照《渔家傲·天接云涛连晓雾》

苏 轼

生活给我风雨，我还世界晴空

在历史文坛上，苏轼的作品和精神都是神一般的存在。

他不断被贬，传世的作品却源源不断。好像他不是戴罪的人，而是带着文学创作的旨意，从北走到南，走到天涯海角。

从荒凉小镇黄州，到岭南之地惠州，再到天涯海角的儋州。贬地一次比一次偏远，生活一次比一次艰难。

再难，也无绝人之路！内心坦荡，一蓑烟雨也能任平生。

他的敌人，注定没有从贬地收到"好消息"。

他们没有想到，苏轼所到之处，崎岖变坦途，所有的地方似乎都成了他的故乡。

面对磨难，苏轼给出的药方只有一条，却医治百病。

这一剂药，叫豁达。

"玩"在黄州

1079 年，苏轼以戴罪之身来到黄州，职位是团练副使，大概就是地方武装部的副职，不能签署公文。

对苏轼而言，被贬黄州其实是万幸，本以为要在狱中死去的。所以来到长江边上这个贫穷的小镇，他并没有太多失落——怎么样都比死了强得多。

苏轼的俸禄很少，几乎相当于没有。弟弟苏子由刚刚迁往距离九江100多里外的高安任职，职位很低，家里债台高筑，也帮不了他太多忙。

一大家子要穿要吃，苏轼作为一家之主，必须要想办法养活家人。

在给秦少游的信里，苏轼对自己节省花钱的智慧和盘托出：

初到黄，廪入既绝，人口不少，私甚忧之，但痛自节俭，日用不得过百五十。每月朔，便取四千五百钱，断为三十块，挂屋梁上，平旦，用画叉挑取一块，即藏去叉，仍以大竹筒别贮用不尽者，以待宾客……

他说，把每月开支限定于四千五百文钱，每天一百五十文钱；可又怕超支，使用的时候控制不住，于是把钱挂到房梁上，每天取下一百五十文后就把叉子藏起来，剩下的则另贮入竹筒，作为招待宾客之用……

纵然一分掰成两分用，这样下去也不是办法。苏轼苦恼啊，怎样才能让日子安然无恙？

好在仰慕苏轼的人多，很快有人弄了10亩的荒地让他耕种。

太棒了！苏轼迫不及待地去看地。离住所不远，是一片坡地，以前做军事训练用的，到处是瓦砾石头，杂木丛生。苏轼不嫌弃，他开始规划心目中的农场。陶潜的隐居生活一直让他羡慕，做个农人是心

底的渴望。

带着22岁的大儿子苏迈，苏轼大刀阔斧，砍掉杂木，清理乱石断砖，翻松土地。苏轼从小就读书习文，考上进士以后外出当官做事，农夫的生活哪里做过！

第一天，苏轼就狼狈不堪，看到儿子比他还惨，干脆就让他回去了，自己一个人慢慢做。附近的农人见了，也帮着做一些，指点他该种什么，怎么种。

好不容易平整了土地，在高处种了小麦，低处种了稻谷和蔬菜，筑水坝，砌鱼池，又托人从四川老家带来菜种……

然后，在坡顶上盖了五间房子。后来觉得还不够，又在坡底盖了一间。竣工的时候是2月份，大雪纷飞，苏轼给这间房子起了个非常有诗意的名字——"雪堂"。写诗作画，会客聊天都在这里。

从此，苏轼头戴草帽，身着短装，脚踏芒鞋，有时索性就光着脚，一心一意地侍弄他的农场。

脱掉官服，这是最可爱的苏轼。

麦苗像绿色的小针顶破泥土，紫色的豌豆花开了，前一天刚割过的韭菜又热热闹闹地探头探脑……这一切让我们的大诗人兴高采烈，欢喜得跟个孩子似的。

一场久旱之后的大雨，让苏轼欣喜若狂，帽子也不戴就冲进地里，看着他的庄稼在雨中摇曳。短短两个月，他已经完全进入了农夫的角色。

农场生活让苏轼极为享受，于是，他给自己起了个"东坡居士"的号。从此，苏轼摇身变成了"苏东坡"。

刚开始种麦子的时候，一个农夫告诉他，麦子不能任着疯长，得让牛羊把顶端吃掉，来年春天麦苗才长得茂盛。

像这样的好心人真不少。因为在这里，爽朗的个性让苏轼很快赢得很多朋友。每当他在农场忙活的时候，边上总不缺现场指导的人。

经常来的，有潘酒监，有郭药师，有庞大夫，有庄稼种得很好的古某，有说话很大声，经常扯着大嗓门和丈夫吵嘴的邻家婆娘。

黄州太守徐大受、武昌太守朱寿昌对苏轼佩服至极，也经常带了酒菜过来。

有一个叫马梦得的人，对苏轼实在太过于佩服，竟然追随苏轼20年。正是他冒着政治风险，为苏轼申请获得10亩"旧营地"的耕耘，成全了他的"农场梦"。

四川眉州一个叫巢谷的同乡，是个清贫的书生，甘愿无偿给苏轼的孩子做塾师。

他甚至吸引了两个道士，其中一个后来成为苏家的常客。

那个时候，苏轼最好的朋友应该是陈慥。

苏轼和陈慥的交好，竟然源于和他父亲的交恶。那时候他们是同事关系，陈慥的父亲是上司，两人意见不合，互不服气。不知怎的，陈慥居然没把父亲的"仇人"列入黑名单，反而一来二往就成了无话不谈的知己。和陈慥聊天，苏轼可以毫无顾忌，轻松自如。

在林语堂的《苏东坡传》中这么写：政敌们知道陈慥在黄州，于是故意将苏轼贬到那里，以为是"借刀杀人"最好的办法。没想到陈慥非但不为难苏轼，还加深了两人的感情。四年时间，陈慥亲自到苏轼家里大概七次。

不幸的苏轼，在黄州却过上了神仙一般的生活。他没有公事的繁忙，天天在农场忙碌，乐此不疲。

在雪堂和城中的住所临皋亭两点一线，苏轼没有穿文人的长袍，文人常戴的方巾也摘了去，穿着短褐，穿着芒鞋，拄着竹杖。有朋友来了，就兴致勃勃地喝酒聊天；有时在城里喝醉了，随便躺在草地上就睡着了；特别喜欢趁着月朗星稀，三两好友坐船夜游，船上有酒有菜……

可是，因为玩得太嗨的缘故，苏轼在朋友圈惹了好几次有意思的谣言。

苏东坡有篇短文，记载了一件匪人所思的夜游荒唐事。

今日与数客饮酒，而纯臣适至。秋热未已，而酒白色，此何等酒也？入腹无赃，任见大王。既与纯臣饮，无以侑酒。西邻耕牛适病足，乃以为炙。饮既醉，遂从东坡之东直出，至春草亭而归，时已三鼓矣。

意思是几个朋友一起喝酒，下酒菜不够了，刚好邻居的牛脚有伤病，干脆就把牛给宰了。结果喝得醉醺醺的，城门早已紧闭，于是翻墙而过……

这样的荒唐事让苏轼正儿八经地写进文章里，实在让人莞尔。于是就有人谣传，苏轼是个三观有问题的人。苏轼也不理，爱说不说。事实上苏轼人品摆在那里，哪是几句谣言就土崩瓦解？

又一次夜游，这次可把太守给吓坏了。

苏 轼

夜游太嗨，苏轼诗情迸发，唱词一首。

夜饮东坡醒复醉，归来仿佛三更。
家童鼻息已雷鸣，敲门都不应，倚杖听江声。
长恨此身非我有，何时忘却营营。
夜阑风静縠纹平。小舟从此逝，江海寄余生。

第二天，谣传四起——苏东坡已经顺着江水逃跑了！造谣者说，"小舟从此逝，江海寄余生"这一句就是苏轼的告别词。

太守吓得不轻，要是真的跑了，他的责任可就重大。赶紧赶到苏轼家里——哪有的事？苏轼正躺在床上，鼾声如雷呢！

第二年，又发生了一次更严重的谣言。

有一段时间，苏轼胳膊上有风湿，右眼受到影响，所以连着几个月都宅在家里，不出门。刚好那时候大文学家曾巩去世，也不知道哪里传出的谣言，说苏轼也在同一天去世。

这太震撼了！皇帝赶紧找了个苏轼的亲戚过问，亲戚说他也刚听说呢。皇帝于是茶不思饭不想的，哀叹说："难得再有此等人才！"

消息传到苏轼的好朋友范镇耳朵，他哭得稀里哗啦的，赶紧吩咐家里人准备丧礼。好在范镇还算理性，先派人去黄州打听情况，才没有闹成尴尬。

1080年农历二月初一，距离"龙抬头"还有一天的时间，苏轼被押到黄州（今天的湖北黄冈市）。死里逃生，苏轼不知道这个历经两

个月时间才跋涉到达的地方，对自己今后的人生意味着什么。也许是"大难不死，必有后福"古话冥冥中的暗示，也许是诗人骨子里本来就是淡泊、乐观，不管遇到什么样的厄运，始终热爱生活。反正今天再看，苏轼不仅在黄州写出了许多震撼古今的诗词作品，而且看起来生活得很不错啊。

> 缺月挂疏桐，漏断人初静。
> 谁见幽人独往来，缥缈孤鸿影。
> 惊起却回头，有恨无人省。
> 拣尽寒枝不肯栖，寂寞沙洲冷。
> ——苏轼《卜算子·黄州定慧院寓居作》

喜欢听周传雄的一首歌，歌名是《寂寞沙洲冷》，里面那句从原词摘出来的"拣尽寒枝不肯栖"很抓人。可是偶尔在网上看到有些歌词是错误的，应该是"音译"的缘故，"拣尽寒枝不肯栖"这一句竟然写成"渐渐恨之不肯安歇"。这样的错误让人很是索然，唉，本来将词作改编成一首情歌也就算了，最精华的一句还让无情糟蹋，实是不应该。

刚到黄州的时候，苏轼只能寄宿在定慧院。从繁华京城来到小小的黄州，还要和僧人同住同食，这样的落差放在谁身上都是难以接受。在无尽的郁闷中，他写出了这首个人作品中最为凄凉的词作《卜算子·黄州定慧院寓居作》。把自己比作单飞的孤雁，处处惊心，没有安心生活的地方。

不过在史书上还有一个解读这首词作的版本,不知道算不算是野史。

《宋六十名家词·东坡词》记载着一个美丽而凄凉的爱情故事。说苏轼在惠州时,常常在深夜吟诗的时候,有一个十五六岁的女孩在窗外徘徊,等他推窗查看时,女孩却已经匆匆翻墙离去。苏轼离开惠州后,那女子就郁郁寡欢而死,埋在沙洲之畔。苏轼后来回到惠州听说此事后,却只见到沙洲黄土一堆,心里十分伤心内疚,于是写下了这首词……

循着故事的情节来对照原作,竟然非常吻合,"谁见幽人独往来,缥缈孤鸿影"不是女子窗下偷听,如同惊鹿来去匆忙的情节吗?而"惊起却回头,有恨无人省。拣尽寒枝不肯栖,寂寞沙洲冷。"岂不是写苏轼那时候追悔莫及的内心独白吗?

如果这是真的话,那么周传雄的情歌《寂寞沙洲冷》似乎就一点也不违和了。不过,我本人还是不倾向第二种传说,原因,就是一种直觉吧。

三月七日,沙湖道中遇雨。雨具先去,同行皆狼狈,余独不觉。已而遂晴,故作此词。

莫听穿林打叶声,何妨吟啸且徐行。
竹杖芒鞋轻胜马,谁怕?一蓑烟雨任平生。
料峭春风吹酒醒,微冷,山头斜照却相迎。
回首向来萧瑟处,归去,也无风雨也无晴。

——苏轼《定风波·莫听穿林打叶声》

"一蓑烟雨任平生"是最能表现苏轼特点的一句诗。洒脱，是苏轼性格的标签，如果不是洒脱，苏轼一辈子怕是无法跟黄州有什么交集，更不用说儋州了。

这首词的画面感太强了，让人想到了多年前刘文正那首《雨中即景》——"哗啦啦啦下雨了，看到大家都在跑……"，只不过歌中写的是街头，词中写野外罢了。

话说，那年到了黄州，苏轼意外发现故友陈慥也在这里。陈慥性情豪放，和苏轼很聊得来，聊诗词，聊人生，甚至聊佛教。人生打击太多，苏轼也开始有点沉迷佛教，希望能在佛教中得到一点解脱。只是陈慥的老婆有点暴躁，一言不合就会对着老公大吼。苏轼曾经这么写过陈慥"龙丘居士亦可怜，谈空说有夜不眠。忽闻河东一声吼，拄杖落手心茫然。"哈哈，原来"河东狮吼"是苏轼造的。

有一天，苏轼又来到陈慥家。一些粉丝听说了，也吵着来凑热闹，陈慥喜欢热闹，来者不拒。

从早上聊到中午，一顿酒饭之后又是高谈阔论，期间免不了吟诗作词，陈慥家里养着能歌善舞的歌女，各种表演是少不了的。这样聊着乐着，竟然就到了傍晚时分。就在大家意犹未尽之时，突然耳边一声炸雷，晕了，原来是陈慥老婆柳氏的河东狮吼！完了完了，苏轼和客人们诺诺退出陈府，心想乐极生悲，忘了顾及柳氏的感受。

一行人都是有点微醺的，说笑着往前走。突然又是一声炸雷，大伙吓了一跳，以为柳氏又从哪里冒出来了呢。可是很快"噼里啪啦"砸下来的雨点告诉众人——下雨啦！

雨具让勤快的仆人拿着先走一步了，怎么办？躲又无处躲，藏又无处藏，人们抱头乱窜，真的是狼狈至极。

苏轼却像没事一般，脚步竟然没跳离一下，还是如同一开始那样淡定徐行，头微扬，嘴里念念有词，是不是灵感来袭，又沉浸在他的诗词世界了？有人举着外衣跑过来，大喊"苏学士来挡一下"，他竟然微笑着摆手婉拒。

这点自然界的风雨，苏轼恐怕正是享受的。过云雨来得快走得也快，既然躲不及，何不坦然面对，就当是一次享受也不错呀。官场的风雨，他承受得已经太多了，这点自然界的阵雨算得了什么？

最喜欢词作的最后一句"归去，也无风雨也无晴。"一个人，当他已经到了无所谓天晴天雨的时候，那是达到了怎样达观的境界？想想在我们的生活中，一点委屈一点挫折就让某些人怨天尤人愤世嫉俗，对人对己有何益处？

外界的艰难，永远敌不过内心的强大。所以才有了伟大的苏轼，我们才认识了诞生苏轼970多首作品的黄州，也才有了苏轼后来的惠州、儋州。

罗曼·罗兰说："世界上只有一种真正的英雄主义，就是看清生活的真相后依然热爱生活。"说的，正是苏轼吗？

"乐"在惠州

1094年9月，苏轼经过大庾岭，踏上贬地惠州。

这是他生命中"三州"的第二个。

说是贬，可这个遥远的地方让他快乐如神仙。

那一年，章惇为相，苏轼是他第一个开刀的对象。可叹啊，章惇还是苏轼的故交，曾经无话不谈的朋友，终究敌不过权力的支使。

一开始，他被贬到广东英州做太守，半个月后，官职降了一等。等去到南京，第三次降官，改派到惠州做一个司马。

那是无数人眼中瘴疫横行的地方。

一千五百多里的路程，山高水长，况且所去的是谈者色变的地方，苏轼打算一个人去的，把家眷全部留在江苏宜兴家里，不想连累他们。但是家人死活不依，没有人照顾他，谁也不放心。最后，在家人的泪眼相送下，苏轼只带了小儿子苏过和第二任妻子朝云。

一路担惊受怕，但总算比预想的要顺利，终于来到了惠州。

当时的惠州自然是穷地方，但目及之处，北方草木已经开始凋零的秋天，这里却依然满目苍翠，花红柳绿，水果挂满枝头。

多么神奇的南方！苏轼对一切都充满了好奇。他看见了满山满坡的橘林，橙色的橘子到处都是；他第一次看见了高大的甘蔗，飒飒迎风；他第一次看到了芭蕉树，一串串饱满的蕉果垂吊着；他第一次看到了密不透风的荔枝树……

城下，宽阔清澈的河流逶迤流过；城墙北望，罗浮山和象头山高耸入云。一切都充满了生机，太美了！

看来老天还是眷顾啊！苏轼暗暗欣喜，黄州四年，他从不习惯到爱上，到忍痛离开，想不到很远的惠州，同样没有让他失望。

更让他意想不到的是，这里的老百姓听说苏轼来了，都跑来一睹诗人的真容。这让苏轼有点措手不及，毕竟戴罪之身，却受到一城百姓欢迎，这感觉好像回到家乡一般。

更让他感动的是，惠州四周有五个县的太守，都不约而同地来和苏轼见面，对这个杰出的诗人，他们仰慕太久，根本没想到能有朝一日可以和他近距离接触。这些太守送酒送肉送米，隔三岔五的就跑过来。

惠州太守詹范和博罗县令林抃来得最勤，成了苏轼最亲密的朋友。詹范每隔几天，就带着他的厨师，带着食材到苏轼家里做菜。

而千里之外，苏轼的朋友们更是时刻关注着他，有些举动疯狂得不可思议。

杭州僧人朋友参寥、常州的朋友钱世雄，担心苏轼在岭南的境况，不断派人给他送来药物、食物，当然少不了嘘寒问暖的书信。

在宜兴的儿子收不到父亲的音讯，十分着急，却又无可奈何。苏州一个姓卓的佛教徒听说了，赶过来安慰苏家孩子：你们不用担心，惠州能有多远啊？它又不在天上，只要走肯定能走到。他不是说好话而已，而是收拾收拾就出发了，果真是走到两脚长满厚茧，终于到了惠州，替苏家送信。

道教朋友吴复古在两年的时间里，充当信使，在惠州和弟弟苏辙任职所在的高安两地来回跑。

同乡好友陆惟谦走两千里路，就为了来惠州看他。

一方面是老朋友的惦记，一方面是新朋友的关心，苏轼初到惠州，竟感到无比亲切，一点也没有陌生感。之前的些许担忧，早就一扫而光。

来到惠州，苏轼要比当初到黄州时手足无措好多了。

他很快就"鸡犬识东坡"。这是他自己写的句子——连鸡犬都认识自己了，知名度太高了吧！

能"鸡犬识东坡"固然可喜，如果没有个人魅力，迟早也会变成路人。但苏轼就是苏轼，尽管来到惠州的他已经没有什么权力，就是一个普通国民而已，但是为当地老百姓谋福利，他依然认为是自己的责任。一个伟大的人，不管什么时候都心怀众生。

1096年元旦，博罗县城发生了火灾，整座城付之一炬。重建城镇是当下最大的事，官府自然会考虑，但苏轼特别担心地方政府会征用物资、民工，这样会对老百姓造成巨大的压力，又变个法子来剥削百姓。他心急如焚，指出"灾民又甚于火灾"，给当地政府提出相关建议。结果，当地政府也向朝廷呈请，很让苏轼欣慰。

苏轼又做了一件令当地人极为感动的事——把无主野坟的骸骨集中到一个集体公墓。这些死者不是平民，就是兵卒，他希望死者安息。安葬以后，还亲笔写了一篇祭文。在此之前，有谁会去关心这些事呢？这件事让苏轼的名气在当地一下子又提升了好多倍，用现在流行的说法：圈粉无数。

有一次，一位太守朋友移任，苏轼去送行。对这个朋友，他推心置腹，说太守要做得好，关键在于"使民不畏吏"。百姓害怕你，还怎么当父母官？他建议这个朋友可以推广他发明的"浮马"，可以让农民在插秧的时候又方便又省力。事实上，他在给其他朋友写信时，也经常提及"浮马"，希望大家都来推广。尽管他不是太守，没有话语权，如此积极的心态也足以让人佩服。

当时，广州有瘟疫流行。太守王古是他的朋友，于是苏轼给王古写信，提议筹备基金，以此来创立公家医院。这样的思路，苏轼以前在杭州就已经用过，很有效。多少年过去，我们再看苏轼的思路，是不是想到了今天咱们的"火神山""雷神山"医院？每个时代都不缺为民着想的英雄，这就是华夏五千年生生不息的原因！

苏轼不仅仅想到建医院，他还思考了疾病之源。感觉跟饮水有关，当时广州人喝水是个难题，缺水，饮水不卫生，这都是瘟疫流行的一个原因。苏轼于是向王古推荐一个道士，这个道士有一套引山泉水入广州城的完整计划。建大水库，用大竹管做水管，引水流入城里。

那么操心广州城的饮水，苏轼却让王古千万不要说是他的主意，因为当权派厌恶他。

可惜这个计划最终也没能实现，因为王古不久因为"妄赈饥民"之罪被革职。

唉，一声叹息！不过像这样经过苏轼嘴里出来的建议，最终不了了之的事应该很多。为什么？他心胸开阔，心怀众生，为民之心从来没有断过。但苏轼是戴罪之身，又有多少人敢采用他的建议？

就在苏轼非常享受在惠州的神仙生活，以为会在那里安度晚年的时候，他很快又被贬谪到别的地方去了，这次是更加偏远的海南儋州。

那时候，他的新居刚刚落成两个月。

林语堂在他的《苏东坡传》中写，苏轼藏不住安逸的心情，写了两行诗。描写春风中酣美地午睡，一边听房后寺院的钟声。结果他的敌人章惇看到后，幽幽地说一句："噢！原来他过得蛮舒服哦！"

于是眼睛一眨，轻松地颁发了新贬谪的命令。

"趣"在儋州

离开惠州，被贬向更远更偏僻的海南儋州时，苏轼已经60岁了。

这一次，他留下了遗言。

他觉得无论如何，都没有生还的可能。就算他内心能接受艰苦，但年纪已大，再经不起长途跋涉的折腾了。

可是四年后的夏天，苏轼北归，万劫复迁。

尽管一个月后，他溘然长逝……

1097年6月的一天，藤州（今广西藤县）一个简陋的小吃店。苏轼和弟弟苏辙面对面坐着，一起的还有弟媳、弟弟的三儿子一家，以及自己的小儿子苏过。苏家祸不单行，苏轼被贬海南儋州，苏辙也天降厄运，被贬到雷州，于是兄弟俩结伴而行。

当时的藤州是个穷苦的地方，物质匮乏，小吃店里可以吃的东西很少，做得也很粗糙。苏辙一家没来过岭南，本来就不太习惯这边的饮食，加上心情压抑，大家都默默不语，味同嚼糠。

苏辙手拿一只半糠半米做成的饼，吃了半天啃不成半圆。

"这等美味，你还要慢慢品吗？"苏轼三口两口将自己手中的饼吃光，夸张地拍着手，对弟弟大笑。

家人们也笑，笑着笑着就哭了。

灾难面前，苏轼没有消沉悲叹。与生俱来的那一点豁达、幽默，或许正是自救的唯一通道。

接下来，苏轼苏辙一行六七人就开始坐船，从藤州逆流而上，到绣江，再到圭江。

还在滕州的时候，苏轼就给一个在容县都峤山的同乡邵道士写了一首诗。

| 苏 轼 |

江月照我心，江水洗我肝。
端如径寸珠，坠此白玉盘。
我心本如此，月满江不湍。
起舞者谁欤？莫作三人看！
峤南瘴疠地，有此江月寒。
乃知天檀间，何人不清安！
床头有白酒，盎若白露漙。
独醉还独醒，夜气清漫漫。
仍呼邵道士，取琴月下弹。
相将乘一叶，夜下苍梧滩。

——《藤州江下夜起对月寄邵道士》

到了容县，苏轼有没有圆和邵道士下棋的愿望？历史并没有记载，苏轼也没有留下游都峤山的只言片语。我觉得前往都峤山一游的可能性不大，毕竟两家人，要从绣江码头拐向都峤山，步行也是不容易。更何况戴罪之身，也不是说想去哪就去哪。他写的，也只是愿望罢了吧。

在圭江上岸后，两家人相扶相助，走了十几里旱路，来到著名的鬼门关。

站在关口，家人们坐在路边阴凉处歇息，吃点干粮。南方的夏天，有一种说不出的闷热。苏轼早就习惯，苏辙却蔫蔫的，被烈日晒干了的叶子一般。苏轼告诉弟弟，这里就是唐末宰相李德裕被贬儋州经过的地方，他来到这里，环顾四下，越看越凄凉，哭着说走过鬼门关就回不来了。

儋州,一样的贬地。李德裕果真是死在了贬地,而今,苏轼正往那里赶!

大家都默不作声。疲惫加上忧愁,这个在很多人内心被打上"生死线"标签的地方,让人不忍多作打量。

鬼门关的上方,岭南特有的喀斯特地貌导致处处怪石嶙峋,形同四面赶来的鬼魅。苏轼的诗情从来没有干涸过,不管欢喜还是悲伤——

自过鬼门关外天,命同人鲊瓮头船。

北人堕泪南人笑,青嶂无梯问杜鹃。

——苏轼《过鬼门关》

离开鬼门关,苏轼一行走一段旱路,上船,走走停停,半个多月赶到了雷州。

苏轼和弟弟要分开了,又是难过的一道关。此一别,恐怕只能来世再做兄弟了。

临别之夜,苏辙陪着哥哥,在船上几乎一宿无眠。

两人聊小时候在眉山老家的种种顽皮,聊父子三人坐船赶赴汴州的新奇、激动,聊官场大大小小的趣事、糗事,聊黄州的雪堂和猪肉,聊惠州怕老婆的陈慥和又爱又恨的荔枝。

说到荔枝,苏轼的痔疮果然又发作了,痛苦得直哼哼,自我安慰说也许海南的湿热天气能让痔疮不治而愈,很快就能解脱了。

"你还是少喝酒吧,能戒了更好。"苏辙同情哥哥,却无能为力。

半夜睡不着,苏轼就让儿子、侄子一起来作诗。

那天夜里，苏轼给广州太守——他的朋友王古写了一封信。

"某垂老投荒，无复生还之望，昨与长子迈诀，已处置后事矣。今到海南，首当作棺，次当作墓。仍留手疏与诸子，死即葬于海外，生不契棺，死不扶柩……"

他做好了死的打算。

海南岛虽是宋朝的统治区域，但是跟内地不一样的时候，这里绝大部分都是土著黎人。语言不通，生活习惯不同，其实就跟一个独立的王国差不多。

土著居民以打猎为生，生产工具、五谷、油盐都得从内地进货。刚到海南的时候，苏轼就绝望地发现，当地人很少吃米，主食是芋头。到了冬天，大陆运米的船无法到达海南，他也只能入乡随俗，靠芋头充饥。

要什么没什么！这是苏轼初到海南的感叹。写信给朋友的时候，他说那里没肉吃，没有药，住得很简陋，天冷的时候也没炭取暖……唯一庆幸的，是这里居然没什么瘴疫。

宋朝元祐期间有一百多个大臣受到贬谪，只有苏轼一个人被贬到海南。可见，苏轼那个故友章惇有多可恶。林语堂在《苏东坡传》中说：苏氏兄弟被贬谪到这个地方，是因为他俩的名字与地名相似（子瞻到儋州，子由到雷州），章惇觉得颇有趣味（子瞻是苏轼的字，子由是苏辙的字）。如果这个揣测准确的话，那只能感叹当权者草菅人命了，嘴角猥琐一笑，就把好端端的人扔进火里水里。

到达儋州不久，县官张中就上门拜访来了。这个县官早闻苏轼大名，佩服得不得了。他特意安排苏轼住在他家附近的一所公房，看到

房子有点破旧，又拿公款修缮了一下。想不到的是，他因此惹了麻烦。在当权派的眼里，戴罪之身，就应该自生自灭，任何对他的怜悯都是有罪的。

面对茫茫大海的包围，儋州就像漂浮在海上的一棵草。苏轼无数次觉得自己的命运跟一只蚂蚁一样，抱着柔弱的草叶苟且偷生。

1098年的"双十二"那天，苏轼写了一篇日记，他就这样写自己：

譬如注水于地，小草浮其上，一蚁抱草叶求活……

如果这篇日记的主人是柳宗元，后面很可能跟"孤舟蓑笠翁，独钓寒江雪"差不多，在极致的意境中独自忧伤。但是苏轼不一样，即使绝望，也忘不了幽默一把。

他接着写：

已而水干，遇他蚁而泣曰："不意尚能相见尔！"小蚁岂知瞬间竟得全哉？思及此事甚妙。与诸友人小饮后记之。

水干了，小蚂蚁看到其他蚂蚁，大哭道：想不到这辈子还能见到你们……

随遇而安，生活中其实没必要那么多担忧。用一句歌词来说，就是"山不转水转"。别说自己有多难，也许一转身就是别的风景呢。

豁达、幽默的人，生活中跟人相处总是低视觉。在一篇杂记中，苏轼这么写过一个经历：有老书生数人来过，曰："良月佳夜，先生能一出乎？"予欣然从之。不管谁来找他，他都很乐意出去走走，非常随和。所以经常有人找他玩，要是哪一天没人来，苏轼就浑身不舒服。

有一次兄弟俩在通信的时候，苏轼告诉苏辙，说他上可以陪玉皇大帝，下可以陪乞儿。他说在他的眼里，天底下没有一个不是好人。

伟大的人之所以伟大，必须先有宽广的胸怀。苏轼一辈子的遭遇，跟王安石有非常大的关系。按理说他们俩有不共戴天之仇，但是苏轼南行的时候，还特意到南京郊区拜访晚年落寞的王安石，两个人促膝谈心，不计前嫌。因为他很清楚，王安石本质并不坏，他只是不想让别人干扰他的改革大业而已。尽管这样，能有这样的胸怀，多少人可以做到呢？

要是哪一天没人来家里，苏轼就会主动去找人，不管是读书人还是农夫，也不管是老人还是年轻人。每次面对别人，他都乐呵呵的，盘腿席地而坐，和别人闲谈各种话题，庄稼收成，婚嫁生死，读书考试等。

有一次，苏轼在一个美美的午休之后，又带着他的宠物狗"乌嘴"出门了。结果在村口的槟榔树下，他跟几个庄稼汉聊上了。大家都知道这个外地人是鼎鼎有名的翰林学士，一下子不知道跟他聊什么，全部变哑了。苏轼的声音很大，铜锣声一般："你们一定有鬼故事，就讲这个，我爱听。"

岛上缺墨，苏轼闲着没事，就跟一个制墨"专家"一起鼓捣，由于材料不够，结果收获惨淡。这对苏轼来说当然没什么，就像在惠州制酒一样，其实就是闹着玩玩。

一个浑身上下充满着生活趣味的人，就算命运对你再不公，又能奈你何！面对大海，纵然再惊涛骇浪，纵然春不暖，花还一样开。

所以当1100年，苏轼终于得到赦免，踏上北归旅途的时候，每到一站都万人空巷，老百姓争睹大文豪真容，也就不是什么奇怪的事了。

问世间，如苏轼这般魅力的人有几个呢？

苏轼是古今闻名的大文豪，没错！同时他也是古今闻名的大吃货，也没错！如果还怀疑的话，只要稍稍在脑子里过一下"东坡肉"仨字，你就没二话说了——唐宋几百年，文人如麻，还有多少个人的名字跟美食如此紧密粘连？

《猪肉颂》《煮鱼法》《老饕赋》《丁公默送蝤蛑》《豆粥》《羹》……谁写的一堆美食文章？苏轼！

一边当官，一边流浪，一边创作，一边美食……这个大文豪大吃货的世界，你真的不一定懂。

1079年，一场"乌台诗案"让可怜的苏轼被贬到黄州。黄州是哪里？湖北黄冈！有人惊呼，黄冈教育如此发达，一定是当年苏轼在这里待过的缘故。

教育发达跟苏轼有没有关系？不清楚，但"东坡肉"却真的是在这里生根发芽的。

当时黄州的猪肉可真是便宜啊，当官的觉得这食材低档，不屑于吃，老百姓不懂怎么做才好吃，所以"黄州好猪肉，价贱如泥土"。作为喜欢厨房活的苏轼，这下可是乐坏了，便研究起猪肉的做法啦。一来二去，这大吃货不仅研究出了好吃的做法，还写成了食谱——《猪肉颂》。

好家伙，如果不是捡到宝一样的心情，何至于用得上"颂"？

"黄州好猪肉，价贱如泥土，贵者不肯吃，贫者不解煮。早晨起来打两碗，饱得自家君莫管。"

——苏轼《猪肉颂》

| 苏 轼 |

仔细看，你看到苏老师做猪肉的秘方没？我也没看出，看到的只是文火慢焖，还提醒"别放太多水"。没有任何配料啊，就是简单的清水煮肉！

也许那时候的猪肉都没有喂饲料，瘦肉精更没有，怎么煮都好吃吧。也或许苏老师过于精明，没有把真功夫露出来，担心别人学会了，猪肉价格飙升他就吃不起了。反正你看，苏老师"每日早来打两碗"，真是美啊。

不过，那时候苏轼做的猪肉还没有什么名，"东坡肉"是离开黄州后，在杭州当官时才有的。那时候，杭州百姓都知道苏老师爱吃猪肉，于是纷纷给他送了很多……结果，一边是自己乐此不疲地煮猪肉吃猪肉，不断提升厨艺，送给治理西湖的民工们吃，一边是百姓纷纷效仿，将这种好吃的猪肉美食叫作"东坡肉"。

毕竟再"贱如泥土"，也不能经常吃猪肉。没有肉，苏轼就煮粥吃。苏轼对待吃可不将就，就是煮粥也要搞搞新意思的。

白菜、萝卜洗净切碎，反复搓洗，把苦味去掉，然后放入瓦煲里，加水煮沸，加生米、生姜……

拒绝平淡，苏轼煮出来的粥，清新爽口。

> 以菘若蔓菁、若芦菔、若荠，揉洗数过，去辛苦汁。先以生油少许涂釜，缘及一瓷盎，下菜沸汤中。入生米为糁，及少生姜，以油盎覆之……
>
> ——苏轼《东坡羹颂》

如果不是吃货，煮个青菜粥都充满仪式感，苏轼也不至于事后正儿八经地记下日记了。

被贬到惠州，苏轼对那里遍地的荔枝实在太喜欢了。喜欢了怎么办？狂吃！"日啖荔枝三百颗，不辞长作岭南人。"

眼下手上没有荔枝，否则肯定马上称一下300颗荔枝有多少斤。网上查一下，早有好奇之人称过，说300颗荔枝大概15斤，要是大颗的荔枝怕有30斤。乖乖，一天吃那么多荔枝，还不让全身冒大火吗？

我估计这是苏轼乱写的，他一天可能没吃那么多，但是贪嘴的结果是——痔疮发作！

苏老师太搞笑了，天天吃荔枝，痔疮发作让他苦不堪言。给表哥写信求救——"痛楚无聊两月余"，诉苦用什么药都不行。没办法，最后只能断油断盐，单吃素面。

不过，爱在美食上鼓捣的苏轼，可不甘心"坐以待毙"。他很快又鼓捣出一道美食——茯苓饼，竟然能让痔疮好转。

把茯苓去皮，捣烂，加入蜂蜜，与黑芝麻混在一起煎，吃起来挺美味的。吃了一段时间，嘿，痔疮没那么嚣张了。

> 伏苓去皮，捣罗入少白蜜，为??，杂胡麻食之，甚美。如此服食已多日，气力不衰，而痔渐退。
>
> ——苏轼《与程正辅书》

老实说，荔枝不过是水果，似乎不算是"美食"。黄州吃猪肉，

苏 轼

惠州能吃到什么肉呢？没有！但是吃货总有办法，还真让他找到了，这次是骨头——羊脊骨！

我敢说，苏轼的眼光太刁了。那可是羊蝎子啊！只是在当时，人们看到的，只是羊肉罢了。

那时候的惠州太小太穷了，市场上每天只杀一只羊。排队买羊肉的，都是当官的、有钱的人家。苏轼可不能像他们那样去买，一是戴罪之身，地位卑微，二是就算给你买，也没钱啊。所以，他只能等人家收摊前，唯唯诺诺地买剩下的，没人愿意要的羊脊骨。

这没肉的骨头咋整呢？也不知道苏轼是听说的，还是闭门造"吃"。反正他是这么做的：焯水，去血水，再拿酒浸泡过，捞出晾干，抹上盐，然后碳烤，一直烤至微焦。

> 骨间亦有微肉，熟煮热漉出。不乘热出，则抱水不干。渍酒中，点薄盐炙微燋食之。终日抉剔，得铢两于肯綮之间，意甚喜之，如食蟹螯。
>
> ——苏轼《与弟子由书》

"骨间亦有微肉"，好可怜的苏东坡，就连这不为别人正眼看的骨头，都让他视为至宝。

好吃吗？

苏轼小心地咬着吃，香，的确是香，而且还有点蟹螯的味道。

尝到甜头，苏轼几乎每天都把羊脊骨包了。卖羊肉的只觉得苏大学士怪可怜的，买不起肉，只能买骨头。

有人问他怎么吃？

只讪讪地笑，带点卑微的那种。人家于是不好再问，每次会多给一些，然后望着他离去的背影摇头叹息。

岂不知，苏大吃货暗暗偷笑。

苏轼还发现了一种让自己欲罢不能的美酒——桂酒。有人说桂酒是苏轼发明的，事实上应该不是，只不过是他在跟别人吃饭的时候偶然发现罢了。苏轼去世以后，两个儿子经常被人问到他父亲制酒的方法，尤其关心桂酒。两个儿子都会哈哈大笑，二儿子苏过说："先父不会制酒，他只是爱好，尝试着做过一两次而已。桂酒呢，尝起来就像屠苏酒一般。"

苏轼还自己做了橘子酒和松酒，估计还有其他酒。他曾经在一首诗前的小序说他一面滤酒，一面不断地喝，结果酒没滤完，人已经醉得东倒西歪了。

感觉苏轼就是爱喝酒，并没有很深刻地去钻研，不过是外行中的内行吧。在黄州的时候，就有人因为喝过他做的蜜酒，结果可怜地拉了几天肚子。

苏轼写了至少五六篇关于酒的文章，什么《东皋子传》《酒颂》等。

最后被贬儋州（海南），那是苏轼最痛苦的时候。可是再痛苦，吃货的本色还是保持得那么完整。

在当时，海南远离大陆，物资非常缺乏。尤其到了冬天，岛上几乎就是以芋头做主食。作为犯人，能吃到的就更少了。

苏轼最不缺的是乐观，而乐观之外，便是发现美食的眼光。

有一天，苏轼将荠菜、萝卜等放一起，煮了个汤，和儿子一起咪溜溜地喝得痛快。邻居经过，问他今天做了什么好吃的，吃得那么爽？苏轼哈哈大笑，指着地上剩着的野菜，说这菜煮粥太好吃了，"大自然的味道！"

　　煮蔓菁、芦菔、苦荠而食之。其法不用醯酱，而有自然之味。
　　　　　　　　　　　　　　　　　　　——苏轼《菜羹赋》

　　苏轼总寻思着，靠海吃海，海边总有好吃的吧。
　　很快，他发明了吃生蚝。

　　肉与浆入与酒并煮，食之甚美，未始有也。又取其大者，炙熟，正尔啖嚼……
　　　　　　　　　　　　　　　　　　　——苏轼《食蚝》

　　将生蚝肉与酒一起煮，挑选其中个头较大的，烤熟再吃，太美味了！晕了，难不成今天满大街的烤生蚝就是苏老师传下来的？太神奇了！
　　天天吃生蚝，反正又不花钱买，退潮时，只管挽起裤管去礁石边采就是。可是吃着吃着，苏老师有点担心了，担心啥？他害怕别人知道这样吃生蚝，个个仿照着吃，生蚝就吃不得那么任性了。于是他给儿子写信，说你千万不要公开吃生蚝的秘密啊，朝中那些大臣舌头长着呢……
　　我们熟悉的《惠崇春江晚景》是苏轼离开黄州以后，给惠崇和尚的画作《春江晚景》题的诗。苏轼能有那么美妙的诗歌流传至今，多

亏了惠崇和尚。

> 竹外桃花三两枝，春江水暖鸭先知。
> 蒌蒿满地芦芽短，正是河豚欲上时。
>
> ——苏轼《惠崇春江晚景》

这首诗把早春的美好写得生动极了，大家都记住了"春江水暖鸭先知"。不过，如果你说苏轼仅仅是为了写景，打死我也不信！

"蒌蒿满地芦芽短"，写了"蒌蒿"和"芦芽"，那可不是简单的"背景植物"。苏轼的学生张耒在《明道杂志》中记载长江一带土人食河豚，"但用蒌蒿、荻笋即芦芽、菘菜三物"烹煮，认为这三样与河豚最适宜搭配。嘿，看到没？苏轼写的"蒌蒿"和"芦芽"，恰好就是后面一句提到的"河豚"标配食材。

是巧合吗？也许是，但大概率不是！惠崇的画作，表现出来的并没有河豚，河豚是苏轼想象出来的。因为是早春，这时候河豚该从大海里洄游，溯江而上了。苏轼当然是先看到"蒌蒿"和"芦芽"，才想到河豚的。

脑补一下那场景：苏轼眼前一亮，哇，这幅画太好了！桃花、竹子、戏水群鸭、冒芽的河边草，哦，不对，那不是什么草，是蒌蒿、芦芽，那么水嫩，跟河豚一起煮真是太好吃了。苏老师咽了下口水，唉，要是我在那里就好了，江里河豚成群洄游，随便捞……

或许，连戏水的鸭子也让苏轼想到了眉山老家的甜皮鸭……

只能说，大文豪苏老师太厉害，一边咽口水一边写诗，还能用合理的诗情完美掩盖自己的吃货本色。哈哈。

苏　辙

下辈子，我还想当苏轼的弟弟

如果要在中国历史上选"手足情深"楷模的话，我想一定有不少人投苏轼苏辙兄弟俩的票。

苏家兄弟，绝不仅仅因为高超的文才闻名古今，更以感人肺腑的手足亲情，温暖了一千年的时光。

可是很神奇，老话都说"长兄如父"，作为老大的苏轼，更多时候却要依靠弟弟苏辙。

1061年，苏轼被朝廷任命到凤翔做判官。

与此同时，苏辙也被任为商州军事通官。

按理说，科考双双中榜的兄弟俩，迎来生命中第一份工作，必然是苏家的一大喜事，但是苏辙却高兴不起来。

当时兄弟俩和父亲刚从老家四川奔丧回来，他们失去了母亲。

父亲在京城任职——要是兄弟俩都去工作的话，那么父亲必然就是一个人了，形单影只生活在京城，这对孝顺的兄弟俩来说绝对做不到。

很现实的问题摆在面前：兄弟两人，必须有一个留在京城！

| 苏 辙 |

但是苏辙的不高兴,也仅仅是短暂的时间,他很快做了决定——自己留下,哥哥去上任!

"哥,就这么定了,你也别多想,安心工作。我还小,迟点工作算什么?何况,我还不想离开父亲大人呢!"

苏轼再说什么也是没用。

那一年冬,漫天雪花中,苏轼和苏辙平生第一次分开。

苏辙骑一匹瘦马长送兄嫂,一送就是四十里。

转眼就到了郑州。

不能再往前送了!

在一个小酒馆,兄弟俩举杯对饮,互相叮嘱。苏辙心细,在家里侍奉父亲,苏轼是没什么不放心的。倒是苏辙对哥哥放心不下,这人心大,没有戒备心,担心他会因此吃亏。

真正到分手的时候,两个人都红了眼圈。

在走上一处小坡时,苏轼固执地把苏辙的马转了头,大声哈哈:"就此别过,你回吧!"

苏辙欲言又止,或者就哽咽着说不出话来。瘦马驮着他,一步一步往坡下走,往前走。他不敢回头,只怕一回头就会情难自已。实际上,就算不回头,苏辙也是一路流着泪的。

他应该也是预感到了,自己也是在哥哥一双泪眼的注视下离开的。

很快,苏轼给苏辙寄来了一首诗,写的正是送别那一刻。

不饮胡为醉兀兀，此心已逐归鞍发。

归人犹自念庭闱，今我何以慰寂寞。

登高回首坡垅隔，惟见乌帽出复没。

苦寒念尔衣裘薄，独骑瘦马踏残月。

路人行歌居人乐，僮仆怪我苦凄恻。

亦知人生要有别，但恐岁月去飘忽。

寒灯相对记畴昔，夜雨何时听萧瑟。

君知此意不可忘，慎勿苦爱高官职。

——苏轼《辛丑十一月十九日既与子由别于郑州西门之外马上赋诗一篇寄之》

我没喝酒，头却晕晕的，不是我喝醉了，而是我的心早已随着子由而去……我爬上高坡，希望能再看一眼弟弟远去的背影，却只看到他的帽子随着坡路时隐时现……

一起长大，一起读书，一起赴考，这兄弟俩从来没有分开过，如今一旦分开就形同生离死别。

从此，苏轼每个月都会给苏辙写信。从京城到凤翔，一封信要走十多天，写信、等信，一定是苏轼兄弟俩的头等大事吧。从中是不是也看到了，苏轼在外为官，内心一定是忐忑不安的，唯有弟弟才能抚慰自己的内心啊。

在几十年的生涯中，兄弟俩的书信都是不断的。从青年时期到年老从未断过书信，哪怕就芝麻大的一点事，也需要一起探讨、分享。

如此，不知道有多少兄弟可以做到呢。

1076年中秋之夜，密州（今山东诸城）。

苏轼和朋友一起通宵畅饮，酩酊大醉。醉酒的莽夫可能会闹事，文豪却可能因此写出名作。李白如此，苏轼也是这样。

这一次，一首《水调歌头·中秋》就是在苏轼大醉后流着眼泪写出来的。

明月几时有？把酒问青天。不知天上宫阙，今夕是何年。我欲乘风归去，又恐琼楼玉宇，高处不胜寒。起舞弄清影，何似在人间。

转朱阁，低绮户，照无眠。不应有恨，何事长向别时圆？人有悲欢离合，月有阴晴圆缺，此事古难全。但愿人长久，千里共婵娟。

——苏轼《水调歌头·中秋》

这首看起来很像情诗的作品，苏轼没忘记在下面写了个常被人忽视的小序："丙辰中秋，欢饮达旦，大醉作此篇，兼怀子由。"

一个人在醉得分不清南北的时候，心里却还在清醒地惦记着一个人，那绝对是真爱。如此看来，苏辙是多么幸福啊。

那时候，苏轼因为和王安石对抗，王一气之下，让人在皇帝面前说他坏话，苏轼于是被放到杭州。当时弟弟苏辙在山东济南当官，苏轼于是打起了算盘，杭州期满后自作主张申请转到密州，都是山东境

内，这样兴许就能跟弟弟见面了。

可是事实上，在密州的两年，苏轼始终没能跟苏辙见上一面。交通太难，处境也不够自由啊。

近在咫尺却不能见面，也难怪苏轼在醉酒之后思念成灾。有哥如此挂念，苏辙这个当弟的足够幸福了。

苏轼是出了名的乐天派，惹了祸照样该吃吃，该喝喝。

不计后果的乐观背后，是有一个人总在关键时刻为他买单。这个人就是弟弟苏辙。

沉稳细腻的苏辙，总是在苏轼遇到困难的时候，用他的智慧和勇敢，化险为夷，帮哥哥渡过难关。

初涉官场，苏辙就不止一次告诫哥哥，凡事多留点心，不要对谁都信口开河，写诗歌更加要注意，负能量的题材不惹为妙，免得祸从口出。

每每这个时候，这个当哥的都是付诸哈哈一笑。有时候说知道知道，这点事我还不懂吗？有时候又说哪有那么多坏人呀，你这小孩看人能不能正常一点？

"吾上可陪玉皇大帝，下可陪田院乞儿。眼见天下无一个不好人。"看看他说的这话，眼里哪里会有坏人！

而要他不去写讽喻诗，恐怕也是办不到。世间不平，到了苏轼的眼里就是"如蝇在喉，不吐不快"——写！痛快地写！

写的是爽了，不爽的人一多，麻烦就来了——从天而降的"乌台诗案"，将苏轼推上了悲惨之路。

| 苏 辙 |

朝廷要将苏轼逮捕入狱!

苏辙第一个获知消息,他心急如焚,快速做出了营救兄长的决定:一边派人急奔湖州,赶在官府人员到达之前通知哥哥,给他做好思想准备;另一方面,连夜给皇帝写奏章,请求削去自己的官职,来换哥哥不死。

> 臣早失怙恃,惟兄轼一人,相须为命。……臣欲乞纳在身官,以赎兄轼,非敢望末减其罪,但得免下狱死为幸。
> ——苏辙《为兄轼下狱上书》

第一时间想到的就是哥哥不能死,为了他,我什么都可以不要。

被关在监狱的苏轼,一度认为自己在劫难逃,甚至给弟弟写了绝命诗。

> 圣主如天万物春,小臣愚暗自亡身。
> 百年未满先偿债,十口无归更累人。
> 是处青山可埋骨,他年夜雨独伤神。
> 与君世世为兄弟,更结来生未了因。
> ——苏轼《狱中寄子由二首·其一》

从狱卒手中拿到信,苏辙崩溃大哭。

按规定,重罪犯人写的任何一个字,都得经过朝廷相关机构来审

阅过。算了，哥哥都要没了，留那片纸有什么用？苏辙把信还给狱卒，呆呆地站在狱前。他不知道，失去了哥哥他会是什么样。

结果，信传到皇帝宋神宗的手中，事情发生了转机——这样的手足之情让皇帝深受感动。更何况，神宗并舍不得苏轼死，这下子更加不忍心了。

苏轼大难不死！

走出监狱的那天，苏轼看到了美丽的蓝天，闻到了香甜的空气。当然，他也看到了憔悴而又玉树临风的弟弟苏辙。那个时刻为他遮风挡雨的人，泪流满面，笑如春风。

1094年，苏轼被贬到惠州。

临走前，苏轼到汝州找弟弟。苏辙在那里任官，离京都汴梁近。

找到弟弟，一是告别，二是借钱。虽然苏轼也曾有过几年的好运时光，但是他不善理财，又经常调动，往往是俸禄一发就立刻花光光。而苏辙官运不错，不乱花钱，余钱肯定是有的。事实上，苏辙绝不是第一次接济哥哥，每一次被贬，都是他帮忙打点行程，做各种准备，包括将哥哥的家眷接过来一起照顾。

"这是七千缗，拿着吧。"（资料显示，按照宋朝的货币比率来看，一缗相当于一两银子，购买力相当于200元人民币。）

7000两银子，那不就相当于现在140万人民币嘛！给哥哥借钱就是不眨眼——况且，这钱几乎就不是"借"，而是"送"了。

而苏辙还面带愧意，解释说眼下手头有点紧，这点钱，先给兄长安排家人在江苏宜兴安居之用吧。远贬岭南，苏轼只带了妻子和一个儿子，其他都安排住在宜兴了。

3年后，苏轼被贬海南儋州。坐船到梧州的时候，喜从天降，弟弟苏辙也在那里，他被贬到雷州半岛。两兄弟一同被贬，竟然在贬途上相遇。

贬谪都会让人对前途感到渺茫，但是兄弟相见，又让他们短暂的相聚日子平添快乐。所以他们尽可能慢慢走，慢慢走，只要一到雷州，苏轼就要渡海，兄弟就此分开了。

离别前夜，兄弟二人在船上过了一夜。那一定是个不眠之夜，悲伤之夜。

苏辙不断劝说哥哥戒酒。因为痔疮复发，苏轼坐立不安。最后，苏辙干脆陪着哥哥坐起来，天南地北地聊，又提议互答作诗，以此分散他的注意力，减轻痛苦。

1097年6月11日，雷州的码头，兄弟俩一个在船上，一个在岸上，挥手作别。眼看一叶孤帆隐入波涛中，苏辙泪如雨下，几乎站不稳。他深爱的哥哥，在受着比他更大的苦，今生何时再见？

1101年，苏轼终于回到他日思夜想的常州养老地，此时的他身体已经非常虚弱，65岁的他知道自己大限将至。在交代了自己的身后事后，苏轼仍然没有忘记他的弟弟苏辙，他每天嘴里碎碎念着"子由子由"，他从小就宠着的弟弟啊，自雷州一别就再也没见面，你在哪里？

最后时刻，强撑爬起来的苏轼给苏辙写信，在信中交代了一件事："即死，葬我肯山下，子为我铭。"古代的人辞世，写墓志铭是一件

很重要的事情，苏轼指定由苏辙给他写墓志铭，可见弟弟在他心目中的位置。

苏辙必定是哭着写完哥哥的墓志铭的。一句"扶我则兄，诲我则师"，将弟弟眼中的哥哥写得那么完整！

晚年的苏辙，失去了哥哥的他沉默寡言，闭门不出，跟外界很少来往。或许在他的内心，没有了哥哥，这个世界没有了光华，失去了色彩，只剩下寂寞。

苏轼去世11年后，苏辙也离开了人世。他的遗愿，是和哥哥葬在一起。

生前难以实现的"对床眠"，终于以另一种形式实现了，而且永不分开。

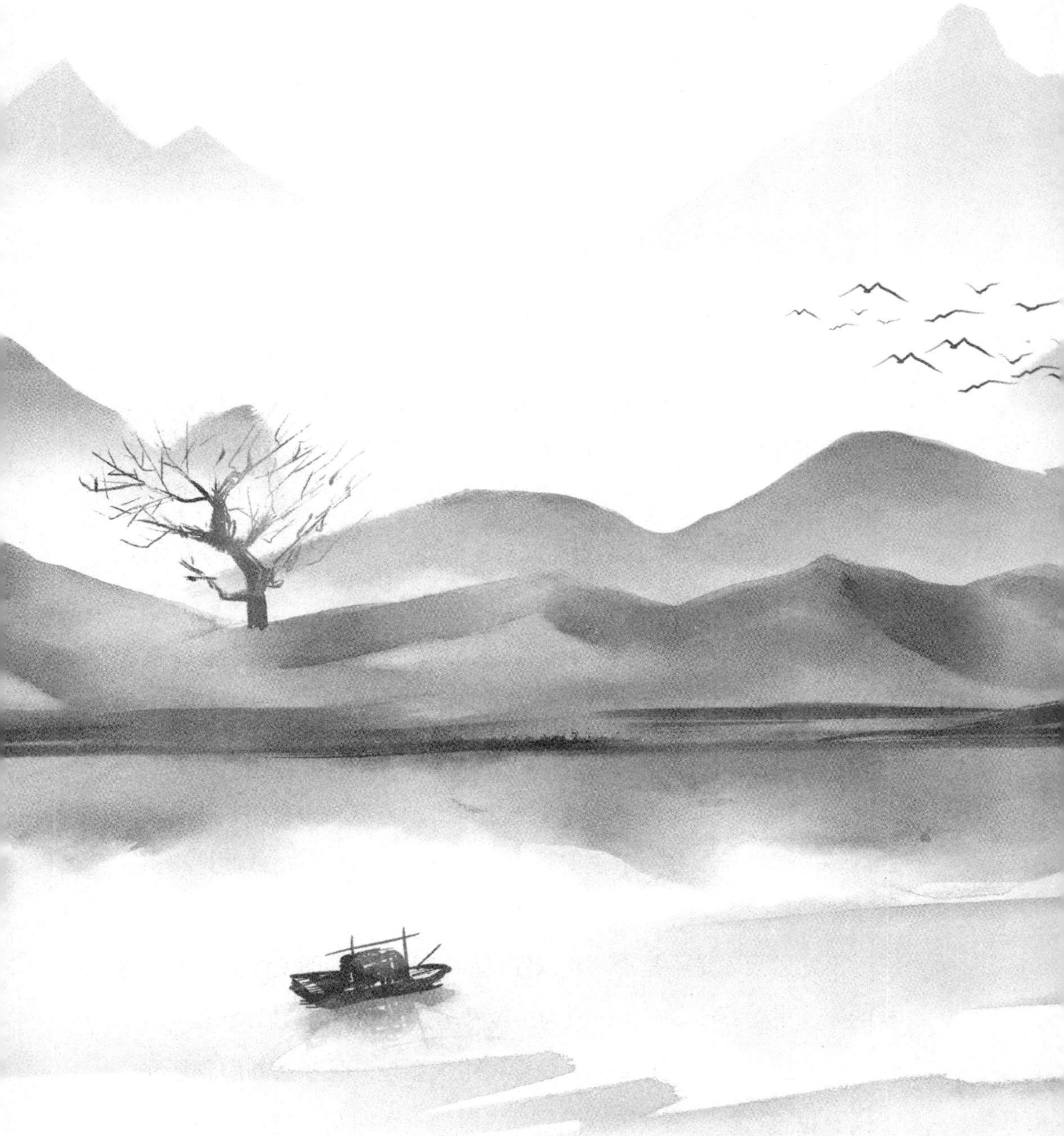

1021年5月，王安石降生在江西抚州。他老实巴交的父母并不知道，这个貌不惊人的儿子，三四十年后用"变革"烙印深深烫伤了中国北宋历史。

对王安石的印象，我们更多来自他的诗歌——《泊船瓜洲》《元日》《梅花》《登飞来峰》……

诗歌是那么美，历史上的王安石，却倔强得就像一头蛮牛，被人称为"拗相公"，没有透出丝毫诗意。因为执意发动变革，结果伤了百姓，伤了同事，也伤了自己。

王安石绝对是个天才，21岁考中进士，诗歌能力突出，政治才能非同一般。今天很多关于王安石的简介中，都不约而同称他是杰出的改革家。

不知道天才是不是都喜欢以怪异的特点存在，即使今天也不乏这样的人。王安石诸多举止，成为古今好事之人的茶前饭后谈资。

形象邋遢。宋代的文化人，影视中大多是一种飘逸的儒雅形象。王安石也着长衫，系发带，但是那衣服简直跟叫花子的差不多，虽然不至于破烂，却满是污秽，脏兮兮的，加上须发凌乱，形象一言难尽。

王安石

苏轼的老爸苏洵很讨厌王安石,在《辩奸论》中,他毫不留情地说王安石"衣臣虏之衣,食犬彘之食,囚首丧面……"

——身穿奴仆的衣服,吃猪狗的食物,头发蓬乱得像囚犯,表情哭丧着,像家里死了人……

被人写成这样,够惨的。

有一次去泡澡,朋友们故意把他挂在外面的那件长袍换了,放一件新的。他的那件长袍,都不知道有多久没换过了。结果,泡完澡出来,这王先生直接穿上衣服就走,根本没意识到这件衣服和以前的有啥不同!

对他来说,只要是一件衣服就好。

一次饭局之后,有人告诉王安石的老婆,说老王可爱吃鹿肉丝了。王夫人一愣,心想这可是第一次听说。在平时,王安石对吃没有讲究,似乎也并没有什么特别爱吃的。

"不可能的,他怎么突然就爱吃鹿肉呢?"

"千真万确!一个晚上他专夹这道菜呢,其他啥都不动。"朋友言之凿凿。

"哈哈,我知道了。你说,吃饭的时候,那盘鹿肉丝放哪里?"王夫人根本不用对方回答,就知道鹿肉丝肯定摆在她老公面前。她告诉朋友,下次再约饭,把青菜放在他面前,看看结果怎样。

果然,下一次的饭局,王安石很执着地吃光了面前的青菜,而放在其他位置的鹿肉丝,一点也没动。

"衣臣虏之衣,食犬彘之食",果然没错啊。

更匪夷所思的,有一次,仁宗皇帝请有功大臣们吃饭,所谓的蒙

承宠恩。可能为了搞搞新意思，特意安排所有赴宴的大臣们自己钓鱼，那是食材之一，大家都兴致勃勃地取桌子上的鱼饵钓鱼。王安石的举动却令人大跌眼镜——他不想钓鱼，把分给他的鱼饵吃掉了！

一个刻板的人！一个怪异的王安石！

林语堂说王安石"徒有基督救世之心，二无圆通机智处人治事之术，除去他本人之外，与天下人无可以相处。"

王安石在开封任职的时候，经常和同事吵闹，很少有跟谁和谐的时候。并不是脾气的问题，而是他天生就有自我为中心，要别人服从自己，听自己意见的心理。不听他的，不按照他的意图去做，那就跟你急。

其实当初王安石初到开封的时候，很多人对他还是很欣赏的，包括欧阳修，包括名臣富弼，觉得他古怪的外表之下，暗藏着一般人所没有的才干。只是很快，大家就发现他极难相处。苏洵的老朋友——大臣张方平曾经和王安石共事，有一次一起到地方监考，两人相处非常不融洽，从此张不再理会王。

最讨厌王安石的，恐怕是苏洵了。开始的时候，欧阳修好心把王安石引荐给苏洵，而王安石也很希望能结识苏洵，可惜苏洵才不想理他。想必啊，张方平早就把王安石的种种跟他说过。

很多人一开始是王安石的朋友，最后都成为他的敌人。就连他的两个弟弟王安礼、王安国，最后都和他闹翻了。

得道者多助，失道者寡助。王安石极端的性格导致了他悲剧收场。人活世上，太自我怎么能心想事成呢？

1042年，21岁的王安石考中进士，授淮南节度判官。任满后，本来朝廷有意让他参加考试，从而进入馆阁，那是掌管图书、编修国史的官署。但是他放弃了，申请调到浙江鄞县做知县。

不得不说，王安石的能力很强。在鄞县四年，兴修水利、扩办学校、创农民贷款法，政绩斐然。老百姓对王安石，实实在在的爱戴。

但非常让人觉得不可思议的是，从21岁到46岁期间，王安石多次谢绝了朝廷的任官邀约。试想，哪个青年才俊不向往开封这个政治文化中心呢？

一直到1060年，王安石总算答应到开封做三司度支判官。但做了没多久，母亲去世，他辞官守孝。守孝期满后，他又不愿意留在都城，宁可留在金陵。

一直到1067年，年轻的神宗皇帝即位，王安石才开始在政治舞台粉墨登场。先被任命为江宁知府，没过多久，又让皇帝提拔到翰林的位置。

从那个时候开始，王安石的名气节节攀升。

之后由他一手铺开的社会变革，不仅影响了整个北宋的走向，更影响到很多名人的命运。比如司马光，比如富弼，再比如我们熟悉的苏轼。

回头再看，王安石为什么屡次谢绝朝廷的召唤？难道真的是矫情作怪吗？

我觉得，王安石并非在矫情，那25年的时间正是他韬光养晦的过程。他有非常远大的理想，但是并不盲目地去急于求成。能力上需要历练，客观环境上需要等待时机。

其实在1060年，王安石第一次到开封任官的时候，他就已经在向

皇帝试探自己的变革计划了。那时,他给仁宗皇帝写了万言书,陈言他对经济改革的构想。

可惜仁宗皇帝对他很是谨慎,看了万言书,不了了之。

英宗皇帝上位后,对王安石倒是重视了,可是王安石还是对恩召辞谢不就。历史学家认为,仁宗皇帝无子,朝廷对继位者意见纷纭,王安石反对英宗即位。英宗皇帝的召唤,他当然心里不安,理所当然觉得皇帝对他心怀芥蒂。仁宗对他的欣赏,应该是不怀好意,有危险。所以,宁可留在金陵。

神宗皇帝上位后,这个年轻有冲劲的小伙子非常欣赏王安石,对他的改革方案充满了兴趣。这样,一个"懂他"的人,直接点燃了王安石生命高潮的引线。

原来,之前的"矫情"都是有原因的。胸怀大志的王安石觉得真正能给他施展身手空间的人还没来,于是一直等待。一时的隐忍,只是为了日后的爆发。

王安石终于等到了他的时代。

1068年,宋神宗在和王安石的彻夜长谈之后,决定放手让王安石实施他的变法计划。

王安石雄心万丈,信心百倍,他似乎看到了改革给大宋带来的欣欣向荣。社会变革一定会遇到阻力,这是王安石早就预知的。不过他一点也不担心,改革再难,有皇帝撑腰呢,怕什么。

皇帝跟他许诺,为了支持改革,就是牺牲其他一些大臣也值得。年轻皇帝的强国梦,全部寄托在王安石的身上。

1069年,王安石被任为副宰相。这个时候的他,已经开始为改革"披荆斩棘"，扫清障碍了。御史台被清肃，那可是中央行政监察机关啊，那些稳重的谏官老臣纷纷离开，被王安石钦定的心腹取代。他想一心一意地改革，那些老臣对改革有很多意见，必须要清除。

刚上任呢，就如此大刀阔斧。一时朝野风声鹤唳，打压，抗争，乌烟瘴气。

皇帝不可能看不到，于是过问，说怎么那么多人都来反对新法呢？

王安石的话术太厉害了，几句避重就轻的话就让皇帝消除了疑虑。

大胆全面铺开变法，王安石毫不动摇。也许在他的内心，变革是他此生的使命，不变革还当什么宰相。

变革开始，老百姓很快就怨声载道。特别典型的是青苗法，很好的出发点，却从为农民贷款解忧，变成强迫贷款。

这样的局面一出现，必然有人反映。可是王安石刻板固执的性格表现出来了：不容许别人有异议！办理贷款业绩好的，升官！不好的，严罚！为了要业绩，官员就强迫农民贷款。恶性循环开始，农民苦不堪言。但是没人反馈给皇帝，他的谏官全都是一路货色，在皇帝面前说假话。皇帝听到的，是农民们喜开颜笑，尽情享受助农政策。

越来越多的官员反对变法，反对派的阵容实在太大了，司马光、富弼、韩琦、欧阳修、范仲淹、苏轼等等，连王安石的两个弟弟也强烈反对。

王安石才不怕，他一意孤行，谁反对他，谁就没有好结果，大多数反对派成员都被远贬外地，很多老臣告老还乡，退隐林泉。

如果没有一个叫郑侠的人给皇帝呈上难民图，也许王安石还要在变革的路上折腾。皇帝的奶奶几句话，让皇帝不得不认真反思。

终于，八种新法终止推行。

王安石的变革本来就举步维艰，没有了皇帝的支持，他失魂落魄，之前的飞扬跋扈不复存在。再后来，随着他唯一的儿子病死，他心如止水，一个人移居南京郊区。那个专横的"拗相公"，他那让人不寒而栗的时代徐徐落幕。

其实，王安石的人品并不很坏，他没有专门针对谁去进行迫害。司马光说："王安石为人并不甚坏"。

他要的，仅仅是变革！

唉，这么一个天才，把毕生的精力花在盲目的变革上，多么可悲。

今天再看他的《登飞来峰》，联想到他的生平，思索的空间真是太大了。

飞来山上千寻塔，闻说鸡鸣见日升。

不畏浮云遮望眼，自缘身在最高层。

——王安石《登飞来峰》

那时候的王安石 30 岁，正是壮志满怀的年龄。"不畏浮云"，说得实在太好，只不过很讽刺，他将一切可能对他变革形成障碍的，一律视为"浮云"。晚年的他，寂寞地生活在南京郊区，那时候的他不知道该怎么去总结曾经的那些疯狂呢？

欧阳修

最牛的老师,学生全是大腕

"老师",在科举时代是门生对座主的称呼,也就是被举荐者称举荐他的人为老师。

在"唐宋八大家"中,除了韩愈和柳宗元外,宋代的那六个(欧阳修、苏洵、苏轼、苏辙、曾巩、王安石),欧阳修是绝对的领军者,他是另外五个的老师。

能跻身"八强"就已经很牛,还成为其中"五强"的老师。毫不夸张,欧阳修真可以被称为宋代最牛的老师。

最相见恨晚的学生——苏洵

第一次见到欧阳修的时候,苏洵 47 岁,欧阳修 51 岁。

那时候,苏洵带着两个儿子到汴梁城,参加即将在秋天举行的礼部初试,为来年春天的殿试做准备。

在此之前,苏洵参加过科举考试,名落孙山。这个荒废了少年青年时光的中年人,尽管大彻大悟,毕竟有点迟了。但是他一心想要当官——或者说,一心给儿子做个努力进取的榜样。落榜后,他没有沉沦,没有放弃,把自己关在家里,潜心写文章。事实证明,苏洵的文采很厉害，他给欧阳修写了一封信——《上欧阳内翰第一书》，然后又把自己写的22篇文章交给欧阳修。

在对待人才上，欧阳修从来都是用欣赏的眼光，而不是挑剔。对苏洵的书信和文章，他忍不住拍红了大腿："太猛了！这样的文章，简直超过了贾谊、刘向！"又迫不及待地把苏洵的文章呈献皇帝。要知道，贾谊、刘向可是汉代文坛领袖，多少人的偶像！苏洵的名气，便是从欧阳修这里开始响彻宋朝的。

不管是欧阳修还是苏洵本人，一定都是相见恨晚的。早点发现人才是为师正常所愿；而要是早点来到汴京，早点结识欧阳修，想必苏洵成才的时间会提前不少——或许就不用落榜了吧。

这个"老"学生，欧阳修就这么笑纳了。事实上，27岁才发奋的苏洵，并没有让欧阳修看走眼。能跻身"唐宋八大家"，和老师一起共享文坛荣耀，证明老师的眼光，也证明了学生的努力。

我想，欧阳修后来在跟很多学生做思想工作的时候，苏洵应该经常作为励志的典范出现——"你看看人家苏洵大叔，儿子都科考了，自己也不放弃。记住啰，只要你愿意，啥时都不晚。"

最喜欢的学生——曾巩

欧阳修的学生中，曾巩绝对是他最喜欢的。现实生活中，每个老师都有他最钟爱的学生，人之常情。

可是，曾巩的科举之路一点也不顺利。

18岁，年轻气盛的曾巩人生第一次大考。小曾的落榜毫不意外——那时候，除了特殊之人，一次就中的太稀有了。

没关系，卷土重来嘛。23岁，第二次考试的曾巩胸有成竹，淡定应考。

很不幸，结果公布的时候，曾巩没能在红榜上看到自己的名字。

有的人被落榜打击后一蹶不振，有的人坚持不懈，还有的人痛定思痛，懂得总结自己，寻找原因，查漏补缺。曾巩在一番郁闷难过之后，开始反思自己——可是身在其中，没人指出，他自己也一片迷糊。

这个时候，如果有个强人来指点迷津是最好不过。

曾巩想到了欧阳修，如果得到这个文坛领袖指点迷津，绝对能少走很多弯路。但前提是这样的领导，会理会一个无名小辈吗？

曾巩的担心有点多余了。当他把一封信，以及几篇原创作品交给欧阳修，心神不定地等待消息的时候，他一定没有想到，自己已经让欧阳修列入门生的行列了。

《上欧阳士第一书》是他给欧阳修的信。信中，曾巩把自己的人生观价值观写了出来——不随波逐流，不攀龙附凤。这很对欧阳修的胃口，觉得这个书生是一股清流，让人眼前一亮。"广文曾生，文识可骇"，欧阳修非常欣赏他的文采和志向，一下子就喜欢上了这个年轻人。于是，对曾巩的文章结构等方面，欧阳修给了很多建议。鼓励他继续努力，为下一次科考做准备。

收获恩师，曾巩如获至宝，倍加珍惜。他和欧阳修经常书信往来，汇报学习心得，交流文章写作。

因为欧阳修，曾巩既收获了学识，又收获了自信心。

又一次殿试到来。这一次，主试官是欧阳修。

改卷的时候,一篇论证"为政的宽与简"的文章让欧阳修十分兴奋。不管是内容还是风格,都让他激动万分。这样的文章,完全可以列作头等。

不过,欧阳修还是有点心虚。为什么?凭直觉,他认为这篇文章的主人就是曾巩的,他太了解小曾了。有此觉悟,有此文笔,他还没见过别的人。

但是如果把曾巩定为第一名,别人肯定说欧阳修私心太重,那可就说不清了。欧阳修是个很重视名节的人,与其让人嚼舌根,不如降到二等去吧。

结果让欧阳修吃惊不已的是,那并非曾巩的文章,而是一个陌生的名字——"苏轼"!

得意门生面前,苏轼无端躺枪,真够冤的。

最"意外"的学生——苏轼

1057年4月8日,皇榜放出,因为主试官欧阳修的"乌龙操作",苏轼由本来的第一名成为第二名。

可以想象得到的结果——欧阳修瞪大了眼睛,张大的嘴巴久久合不拢。太神奇了,竟然山外有山,大宋真是人才辈出!他更想不到的是,曾巩已经38岁,而写出如此有见地、非常成熟的文章,作者苏轼竟然刚刚20岁!

欧阳修兴奋之余,拿着苏轼的考场文章逢人就赞,拿给同辈的学者、朋友观看,狠狠在朋友圈晒了一段时间。

这时,欧阳修才突然记得那个一年前给他写信自荐的苏洵,似乎

他说过有两个儿子要参加科考的。赶紧呼他——苏轼果真就是苏洵的大儿子,而老二苏辙,也同样中榜了。

"我滴个天,这个眉山苏家是个什么神仙家庭啊!"

主考官录取学生,二人之间就成了"老师"和"门生"的关系。

当时的习惯是,考中的门生要去拜谒主考老师,要精心写信,感谢老师的恩情。欧阳修是文坛领袖,他对门生的评价、褒奖之间,就是关乎你荣辱成败的事,在以后的仕途会受到很大的影响。

那天,苏轼兄弟俩拜谒了欧阳修。师生畅聊了一下午,意犹未尽。

晚上的酒局中,喝得微醺的欧阳修抚着稀疏的胡子,红着脸跟一桌同僚说了一句话:"今天啊,我读了苏轼的信,也不知为何,老夫竟喜极汗下。唉,老夫老了,是该退让,让苏轼出人头地了。"

这样的话由欧阳修的嘴巴说出来,整座汴梁城一下子人人皆知。苏轼,成为当时一夜飙升的文坛明星。

可是这还不算什么。

有一天,儿子在给欧阳修沏茶的时候,氤氲茶香中,老欧阳认真地对儿子说:"我一辈子发现了很多人才,都数不过来了。不过有一点,小兔崽子你记着我的话——30年后,没有人再谈论你爹欧阳修!"

欧阳修看人的眼光何其毒——在他死后的10年之内,果真没有人再谈欧阳修,大家的话题都围绕着奇才苏轼。即使苏轼的著作被朝廷列为禁书,民间偷偷收藏、阅读苏文、苏诗、苏词的仍大有人在,就连被毁的碑文,残破的碎片都被当成珍品收藏,拓印品在黑市偷偷买卖,价格不菲……

| 欧阳修 |

最"冷"的学生——王安石

有一天,得意门生曾巩给欧阳修带了一封信,同时附有几篇文章。

写信的人叫王安石。王跟他是很好的朋友,最重要的是,王安石这人的文采非同寻常。

一看,欧阳修又拍起了大腿。这王安石的文采果然厉害,有与众不同的气质,很有思想。

在欧阳修的帮助下,王安石考上了进士,当上了官,最后还当上宰相。

当官后的一天,王安石拜访欧阳修。这么个大有可为的学生来看他,欧阳修脸上当然有光啊,于是他"倒屣相迎"。

宴席上,欧阳修当众夸赞王安石这位后起之秀文采斐然,有李白、韩愈的功力和风骨。这要是对一般的青年说的话,估计兴奋得一周睡不着。但是王安石却这样回复:"他日若能窥孟子,终身何敢望韩公!"他云淡风轻地说,自己要学孟子经世治国的志向,而不以李诗韩文为努力目标。

王安石的性格比较独特,后期当了宰相得了个"拗相公"的外号,情商实在堪忧,这也为后来和欧阳修交恶埋下了伏笔。

悲剧是到了宋神宗时期,王安石得到重用,开始施行他的变法之后。

有革新就有保守。王安石变法在历史上有很大的争议,褒的说他励志图新,是勇敢的改革者;贬的说他不顾现实,做的是海市蜃楼的改革,只会让百姓不堪重负。

不幸的是，欧阳修成了反对王安石变法的保守派。他和司马光、范仲淹、苏轼等众多官员一起，和王安石针锋相对。

"拗相公"王安石的性格，注定他即使遇到再多的困难也不会退缩。在宋神宗的支持下，他把反对革新的人通通打击。

严峻的现实面前，司马光、范镇、曾公亮等德高望重的大臣愤怒辞职。

1070年，欧阳修辞去一切职位，退隐林泉，不问世事。

寄予厚望的学生，到最后竟然成了自己辞职的导火线。

无语的结局，说王安石是欧阳修最"冷"的学生毫不为过，你觉得呢？

贺 铸

我很丑,可是我很温柔

1125年的一天，常州的百姓都在议论一件事：贺铸去世了。

郊外，新坟的墓碑上写着：仪观甚伟，如羽人侠客……

墓志铭是贺铸生前好友程俱写的。熟悉贺铸的人都知道，墓志铭写的都是好话，像美颜相机一样，大饼子脸也能照出瓜子脸来。现实中的贺铸，与其说"甚伟"，不如"甚丑"！南宋的陆游说贺铸颜值很低，属于"极丑"，面色就像生锈的铁一般，双眉稀疏而且直竖，很多人叫他"贺鬼头"。

颜值重不重要？

对贺铸来说，这娘胎带来的东西似乎并没太多的影响，最主要是他有才，文武双全的那种。确实，就算丑，他还能比别人幸运很多，娶到贵族人家的千金小姐。

他从不以为自己的相貌奇特，反而豪气万丈："当年笔漫投，说剑气横秋。自负虎头相，谁封龙额侯。"

自信面前，就没颜值什么事。

贺铸的出身真不简单，他是宋太祖赵匡胤老婆贺皇后的族孙。可

贺 铸

惜赵光义耍了花招，把皇帝哥哥给阴了，成为皇位继承人，赵匡胤这一支就逐年地被削弱。要是由皇子正常继承皇位的话，贺铸的命运也许会有所不同。封建社会的皇族到处充满了狗血剧情，个人命运朝不保夕。

贺皇后去世90年以后，尽管贺铸的家族平淡了很多，但余温尚在，所以他有接受良好教育的机会，加上聪颖过人，这为他过人的诗词创作打下了良好的基础。

不过，贺铸更看重的是他贺家这边的"脉"。他自称是唐朝大诗人贺知章的后裔，于是自号"庆湖遗老"。贺知章的《回乡偶书》其二这么写——"唯有门前镜湖水，春风不改旧时波"，镜湖在当时也叫"庆湖"，现在叫"鉴湖"了。可见啊，贺铸很享受他贺知章后裔的出身，对自己的文学才华很自信。

如果说这两个出身都离贺铸本人太远，没有实际意义的话，那么我们来看看他老婆赵氏，你会吓一跳——赵氏是济国公赵克彰的女儿。赵克彰是宗室大官，做过节度使的，这样的老丈人真是高大的靠山啊。

可惜，娶了大家闺秀，贺铸却无法给人家很优越的生活。据说后来甚至沦落到变卖田地的地步。

事实证明，出身只说明你有某种基因，起点比别人高而已，真正的人生，还得看自己的造化。

所谓造化，讲的是性格，讲的是机遇，讲的还是努力。

如果说有命运之说的话，那么一个人的性格在很大程度上影响着

命运的走向。贺铸这人啊，起点确实比别人高，但因为性格太直了，导致心高气傲的他，终其一生仕途落寞，很是遗憾。

和很多诗人词人不同，身高"七尺"的贺铸是以武职身份入朝的，而不是进士身份。

武职就武职呗，一身武艺，照样有用武之地。

想多了，你以为是今天呢，只要有一技之长，不怕混不开。那时候是北宋呢，大宋之前社会安定，国泰民安，造成了国家重文轻武的局面。这样的日子一长啊，国防薄弱的漏洞肯定被敌人盯上，这暂且不说。

贺铸有强烈的爱国热情，看似歌舞升平的国家，其实已经靠割地的耻辱维持了上百年，危机早就四伏。

没人看得上贺铸。他的意见没人听，他的宏图大略让人当笑话看。

他当然很郁闷。

给朋友写信，贺铸无限伤感，说当初为了尽快当官，赚钱养家，没有来得及等科举考试就以武职的身份当官了。唉，现在做个侍卫，实在很卑微啊，那些大官看你不顺眼就打骂，甚至直接免你的官职。要不是为了养家糊口，谁会忍气吞声呢？

实际上，偏偏贺铸又做不到忍气吞声。每看到跟自己意见不同的人，甭管是什么位置的大官，反正就是毫无顾忌地当面反对，怼人，甚至开口就骂。

你说吧，本来人家就看你不顺眼，再跟他们作对，日子哪能好过？

| 贺 铸 |

所以，贺铸的岗位换来换去，全是一些可有可无的工作，根本不可能升迁。

壮志难酬，国家又内忧外患，贺铸心里特别煎熬。写下了一首非常豪迈的《六州歌头》——

少年侠气，交结五都雄。

肝胆洞，毛发耸。立谈中，死生同。

一诺千金重。推翘勇。矜豪纵。轻盖拥。联飞鞚。斗城东。

轰饮酒垆，春色浮寒瓮。吸海垂虹。

间呼鹰嗾犬，白羽摘雕弓。

狡穴俄空。乐匆匆。

似黄粱梦。辞丹凤。明月共。

漾孤篷。官冗从。怀倥偬。

落尘笼。簿书丛。鹖弁如云众，供粗用，忽奇功。

笳鼓动，渔阳弄，思悲翁。

不请长缨，系取天骄种。剑吼西风。

恨登山临水，手寄七弦桐。目送归鸿。

——贺铸《六州歌头》

他说：战争都要爆发了，我和无数的武官一样，被派到各地打杂，笳鼓都响了，我却不能上场杀敌……

一个人的内心再强大，也架不住无止境的折磨。

失望透顶的贺铸丢下宝剑，他决定归隐。看不起我是吧，那我索性啥也不管了。

1109年，心力交瘁的贺铸辞官，在苏州住下。一个"小人物"的离去，朝廷根本不在乎，恐怕很多对他有看法的人还会在朋友圈发诸如"慢走不送"之类的评论呢。

贺铸再也没有回到朝廷，在苏州，他每天看云卷云舒，看花开花落，与世无争的日子一直到离世。

生活的变故说来就来，刚在苏州住下，他的妻子赵氏就突然病故了。

就算官场不如意，但有善解人意的妻子陪伴，生活还是有些乐趣。而今妻子没有了，贺铸非常孤单。

某一天，贺铸又来到曾借住的寓居。物是人非，想到以前和妻子的种种，不禁悲从心来。

忍泪写下的这首词，真情实感，生动自然，今天读起来，闭上眼睛还能感受到贺铸内心彻骨的伤痛。

> 重过阊门万事非，同来何事不同归。
> 梧桐半死清霜后，头白鸳鸯失伴飞。
> 原上草，露初晞，旧栖新垅两依依。
> 空床卧听南窗雨，谁复挑灯夜补衣。
>
> ——贺铸《鹧鸪天》

以前我们都是一起来的，为什么现在变成我孤身一人……我

贺 铸

总是流连在我们住过的地方，在你已经长出新草的坟墓边徘徊……卧在空床，窗外雨声淅沥，妻啊，还有谁半夜点灯给我缝补衣服啊……

这首词是贺铸的经典词作，千回百转的儿女情长，足以和苏轼的祭妻文《江城子·乙卯正月二十日夜记梦》相媲美。

另外一首儿女情长的词作《横塘路·青玉案》，你完全看不出任何一点"豪迈"的味道，就是这首作品，贺铸赢得了"贺梅子"的雅号。

凌波不过横塘路，但目送，芳尘去。

锦瑟华年谁与度？月桥花院，琐窗朱户，只有春知处。

飞云冉冉蘅皋暮，彩笔新题断肠句。

若问闲情都几许？一川烟草，满城风絮，梅子黄时雨。

——贺铸《横塘路·青玉案》

知道写的什么内容吗？写贺铸某天隔着池塘看到一个动人魂魄的美丽倩影，又不敢去搭讪，于是胡思乱想，想着她和谁过日子啊，想她在家里做什么啊……最后的那一句最为经典——"若问闲情都几许？一川烟草，满城风絮，梅子黄时雨。"

"别问我的愁，说起来啊，就像大片大片被烟雾笼罩的青草那么多，就像满城飘飞的柳絮那么多，就像那梅雨季节的雨那么无休无止啊！"

但凡能将忧愁形容成一种事物就已经成功，这贺铸一连取了三种喻体，而且还那么恰当，画面感十足，真的是高手啊。

1127年，贺铸去世的第二年，"靖康之难"爆发。来自北方的女真族攻占当时北宋帝国的首都汴京，掳走徽、钦二帝以及大量赵氏皇族、后宫妃嫔与贵卿、朝臣等共3000余人北上金国，北宋灭亡。

贺铸还是幸运的，要是还在人世，看到他时刻牵挂的祖国山河破碎，不知道该如何扼腕痛惜呢。

范仲淹

敢说的他,先天下之忧而忧

1011年初冬的夜里，山东淄州长山一户朱姓人家的一个房间，灯光如豆。

虚岁23岁的朱家大男孩朱说，垂手站在母亲的面前，泪流满面。

这个冬天来得有点快，朱说浑身发抖，一种发自内心的寒冷让他不知所措——母亲告诉他，他并不是朱家后人。他本姓范，名仲淹，父亲早就去世了，是母亲带他改嫁到朱家的。

一个人的转变，往往是由某一个节点促发的。身世披露，让当时还碌碌无为的范仲淹一夜长大。他暗下决心，一定要学有所为，早日脱离寄人篱下的生活。

过了几天，范仲淹干脆搬离朱家，到不远处的醴泉寺寄居。他告诉母亲，要想潜心学习，没有一个安静的环境是不行的。同时，他叮嘱母亲不要往那里送东西。饥饿感，往往能更好地激发人的斗志。

离开家的时候，范仲淹特意去了一个寺庙求签算命，算是给母亲一个安慰吧。

第一个签，范仲淹狮子大开口："我以后能做宰相吗？"

围观的几个香客捂着嘴笑。他们过后一定笑着议论，说这年轻人脑子应该进水了，这穷乡僻壤的，能出宰相？

可惜，师傅淡淡地告诉他——不能！

"那我再求一签吧！"范仲淹换了一个心愿，"师傅您看我能不能做个良医？"

师傅抬眼看着年轻人，说宰相做不到，读书也一样大有前途的，怎么也比从医好啊。

医生的职业，在当时的社会地位一点也不高，谁不认为"唯有读书高"呢？

范仲淹并不是开玩笑，他说只要泽被苍生，造福百姓，宰相和良医都差不多。

这一次，旁边的香客收住了笑。他们可能听懵了，不知道这个年轻人说的什么大道理。

可惜，师傅还是摇头，说他不是做郎中的命。

带着失落，范仲淹住进了醴泉寺。没能给母亲带来安慰，却更促发了他的进取心。他本就不是个信命的人，这下好了，倒是要让别人看看自己的本事。

每天天没亮就起床，每天夜到三更才睡觉。范仲淹每天眼里只有学习，别的都没有在意。至于吃饭，对他来说一日三餐太奢侈。他总是在灯下学习的时候，一边在炉子上煮粥。米不多，就加入一

些杂粮，一些野菜。煮好了，不动它，到第二天已经自然冻结成块——嗯，手起刀落，一划为二，再一刀分为四。这样，一天两餐，一餐一块。

这样对自己，范仲淹倒觉得很有成就感。一方面节约了时间，一方面也解决了生活窘迫的问题。

别人可不这么看。有个同学是富家子弟，觉得范仲淹太可怜，打算做好事，于是某天让家父做了红烧鱼、红烧猪蹄，打包送到寺庙，放在范仲淹的居所。

多天以后，富二代同学吃惊地看到，送给范仲淹的鱼、肉根本没动到，都长毛了。

范仲淹一边在书本上标记，一边淡淡地说："要是我吃了，可能以后就吃不惯冷粥啦！"富二代的父母听到这答复时，会不会愈发对自家的胖小子恨铁不成钢？

26岁，范仲淹的努力得到了回报——考中进士，顺利当官。

为国家尽力，对寒窗数载的范仲淹来说，那是完美的开始。他暗下决心，一定要把自己的才华献给大宋，我是属于大宋的。

1021年，32岁的范仲淹调到泰州做官。初来乍到，就有百姓跟他提到海堤的事。原来这海堤年久失修，很是陈旧，这里的百姓时不时就要受到水灾之害。范仲淹在一番视察之后，上书江淮漕运张纶，建议沿海筑堤，重修捍海堰。张纶很是支持，最终把海堤重修的大事完成了。

39岁那年，范仲淹向朝廷递交了万言书——《上执政书》，奏请改革吏治，裁汰冗员，安抚将帅。这样的举动震惊了朝廷，宰相王曾与晏殊特别欣赏范仲淹，向皇帝宋仁宗推荐，范仲淹因此入京。

上万言书的第二年，把持朝政的刘太后举办寿宴。这个能和汉代吕后、唐代武后相提并论的女人，可能感觉自己实际上已经在做皇帝的角色，那么总得在形式上过过皇帝的瘾才行。于是，一个荒唐的诏令下达了：某月某日某时，文武百官，一起盛装为刘太后祝寿！

朝上朝下立刻议论纷纷，大家都觉得这样不符合礼制，不仅让天下人猜测，也是对现在皇帝的大不敬。只是议论归议论，没人敢吱声。

范仲淹可不怕，他直接上奏，说"如果要尽孝心，于内宫行家人礼仪即可，若与百官朝拜太后，有损皇上威严。"

这还不算，范仲淹很快又发出另一个声音，这次的声音更大，无异乎晴天炸雷——要求刘太后还政于皇帝。

想想，刘太后即使不当场发飙，这口气也是咽不下的。

很快，范仲淹被贬。离开京城的时候，范仲淹并没有特别失落。他知道多话很危险，但是为了国家，他觉得问心无愧。这个国家，要是没人敢说，那才是悲哀。

事实上，宋仁宗把这一切看在了眼里，深感范仲淹的忠诚。几年后，刘太后去世，宋仁宗重新把朝政揽回来，同时一纸诏书，将范仲淹召回宫内。皇上看重的是范仲淹敢说能说的特长，给他安排的是言官的职位——右司谏，最后还坐上了副宰相的位置。

起起落落，都是因为范仲淹的那张嘴。可即使那么看重他的宋仁宗，还是把他贬了。

一天，宋仁宗和郭皇后，夫妻俩为一点小事起了争端，这本来很正常。但是要命的是，郭皇后一不小心居然就一巴掌打在皇帝的脸上。众目睽睽之下，那可是妥妥的"犯上"！

也许宋仁宗觉得太丢脸，也许他早就想换皇后了，这件小事真的让他动了废后的念头。善于察言观色的宰相吕夷简趁机使坏，撺掇皇上换皇后。

范仲淹赶紧劝皇上，他觉得皇上的举动过于武断，这样不利于朝廷的稳定，更何况郭皇后并非故意。他给皇后求情，没有效果，又拉了一群大臣过来，拜请皇上放过郭皇后。

宋仁宗不耐烦了，觉得范仲淹管得过多，一气之下——贬！

好在贬到苏州的范仲淹治水有功，不久又回到了开封。

可是……可是……范仲淹的麻烦仍然不断。

宰相吕夷简的买官卖官行为众所周知，但是没人敢吭声，为了保身都装聋卖傻。回到京师的范仲淹可容不下眼睛里的沙子，直接把情况跟皇上汇报了。然而范仲淹在政治争斗上，确实还是斗不过老狐狸吕夷简，吕倒打一耙，告了他一个"勾结朋党"罪名。

再次被贬出京城。

大家都在为范仲淹惋惜，对他的被贬，反而都说显示出人格魅力，是一种"荣光"。

多次被贬，范仲淹的老朋友梅尧臣于心不忍，给他写诗，劝他不要那么认真，人有时候傻一点不是坏事。又劝他少管闲事，学做报喜的鸟，不要做像乌鸦一样遭人唾骂的鸟。

范仲淹哈哈大笑，对这些，他早就预料到，接二连三的贬谪也都已经习惯。他并没有觉得自己的遭遇是耻辱，作为大宋子民，就应该有担当。

他给梅尧臣的回信中是这么答复的："宁鸣而死，不默而生。"

这样的坦荡胸怀，如何是一个普通人所能做到？

就算起起落落，范仲淹也没有放弃为大宋出力。

一场由他而起的新政改革，轰轰烈烈地展开，收效显著。可是就跟历史上所有的改革都不顺利一样，这场改革同样受到了守旧派的反对，让改革损坏了利益的官员纷纷抗议。有的又扯出了"朋党"的老尾巴，一心要让范仲淹垮台。

这时候的范仲淹，虽然知道皇上支持他，但是周围的环境太恶劣了，他不想让皇上为难。于是自愿离开京城，出任邓州。一年多的新政改革，宣布失败。

满心郁闷，不得意的范仲淹非常压抑。

这时候，好友滕子京来信，附了一张图，让他帮忙给新落成的岳阳楼写记。

端详着江水映衬下的岳阳楼，范仲淹心潮澎湃。他想到了自己一生的奔波劳碌，想到了自己在朝廷的起起落落，他爱国的热情再次澎湃——原来，一个真正心系国家的人，再大的挫折也改变不了他的初心。

文思泉涌，范仲淹著名的《岳阳楼记》就这么喷薄而出。

"先天下之忧而忧，后天下之乐而乐"，即使人生不得意又如何？身处漩涡又怎样？范仲淹的内心，又岂是洞庭湖的宽广所能比！

| 张孝祥 |

这个状元有点"拽"

在宋代词坛，张孝祥被称为苏轼之后的"南波万"。

不知道这样的称号是否靠谱。但是可以肯定的是，这个状元出身的才子，写词确实有两把刷子。而传奇的人生经历，加上正能量的个人魅力，都给他加分不少。

事实上，张孝祥这个人是真的有点"拽"。

还是小张的时候，张孝祥就显示出了惊人的天赋：书法、辞赋样样精通。

熟悉他的人，对他的科举之路满怀信心，甚至有的人还赌他"必中状元"。没办法，16岁就能考府试第一名，学神的光环不能不让人寄予厚望。

23岁的一天，张孝祥踌躇满志，信心满满走进殿试考场。考场门口的大树上，喜鹊翻飞乱叫，似乎预示着一场科考大戏即将拉开帷幕。

考试的过程对张孝祥来说没什么意外，这是一个有才，心理素质又特别好的人，什么考试能难得倒他？现在要看的，就是有没有比他更牛的考生。

当然有！这个人叫秦埙！！

宋代——秦姓……你一定想到了那个身戴千古骂名的秦桧。你的感官没错，秦埙正是秦桧的孙子！

论学识，张孝祥甩秦埙十几条大街。但是论权势，张孝祥就是渣渣。有个当宰相的爷爷，更何况这个宰相还能把皇帝耍得团团转，你的起点怎么跟他比？

阅卷结束，主考官把名次排好。按程序，上榜的考卷全部交给皇帝过目。

没有意外，状元的名字是秦埙。这是开考之前就已经定好的。为了不出意外，秦桧还将陆游拦在殿试门外，除掉最大的拦路虎。秦桧现在要做的，就是吩咐管家，准备良辰吉日的状元宴了。所有的文武官员，所有同批进士也要请，皇亲国戚，三姑六婆，都请！秦桧已经让管家合计人数，制定菜单，只等皇榜公布，就可以一一发出请柬。

可是，问题来了！

宋高宗，抿一口茶，展开状元的卷子。

也许是茶有点浓，苦了点，高宗的眉头紧紧蹙起。一边的侍者胆战心惊，正寻思是不是换茶的时候，皇上的眉头，连同鼻子越发皱了起来。

只见宋高宗长长叹了一口气，竟然一抬手就把卷子丢到一边，嘴里嘟囔道："什么鬼嘛，全是老话重谈……"

头也没抬，宋高宗接着拿起第二名卷子。展开，低头——呀，皇上的眉头舒展开了！逐渐的，他脸上的凝重也多云转晴，继而阳光灿

烂，到了最后竟然有点手舞足蹈。

半天时间，宋高宗一字一句把上万字的文章看完。放下卷子的同时，甚至潇洒地打了个响指，笑容灿烂。

"状元的，换这个！"

至尊之音，一言九鼎。

往后翻的卷子，波澜不惊。而被搁在一边的卷子，寂寞如无主。

伸个懒腰，打个呵欠，阅卷之事准备结束。

"皇上……这次秦相的孙子秦埙也参考了，这份卷子会不会是他的？"

一边的大臣提醒宋高宗。

"哦！"宋高宗愣了一下，取过被冷落半天的那张卷子，又皱着眉头浏览一下。

"放探花吧！"

就这样，考前就预订状元位置的秦埙降成探花。而本文的主人公——张孝祥喜从天降，让状元这个馅饼重重砸到了头。

披红挂绿的状元郎骑上高头大马，接受天下人的祝贺。

"论策之文、书法、赋诗你都为先，天下好事被你占完啦。"秦桧跟张孝祥握手的时候，说了这么一句话。话里话外，一股浓浓的醋味。

一直被秦桧蒙着的宋高宗，终于做了一次明君。而一代才子张孝祥，不动声色之间，就"扳倒了一代奸相"。

第二天，宋高宗在集英殿隆重宣布榜单。有人欢喜，有人失落，还有很多人蠢蠢欲动。

蠢蠢欲动的，是一些家有女儿待嫁的高官。这些官员会等着皇榜出来之后，好给自己的女儿找个好夫婿。状元，自然是最炙手可热的候选人。

临安知府曹泳就瞄准了张孝祥。

换上崭新衣服，戴上大红花，张孝祥在引导下走向高头大马。这时，凑过来一个官员，对着张孝祥又是打躬又是作揖，一个劲说着奉承话。然后很直接说家有女儿，希望能跟状元结成百年之好。

对提亲，张孝祥早有准备。他认识曹泳，那是秦桧的妻兄。他非常清楚，要是攀上这门亲事，前途肯定无限光明。少奋斗二十年，谁不想啊。

但是张孝祥只是礼貌一笑，摆了摆手，算是拒绝。很显然，曹泳的"自我推荐"碰了一鼻子灰。

靖康之难后，父亲带着一家人南迁。山河破碎，张孝祥小小年纪就立下收复中原的宏愿。秦桧、曹泳这些主和派人物的嘴脸，早就让大宋子民痛恨。张孝祥如何会跟曹家联姻！

不知好歹的张孝祥，不仅已经得罪秦桧，又迅速得罪了曹泳。他的仕途，注定一开始就被刷成灰暗的底色。

新科状元是宋高宗钦点的，自然很受皇帝的青睐。希望他能在国家最艰难的时候，起到拯救南宋的作用。

张孝祥很清楚，当时的南宋跟金人签订了协议之后，虽然相安无事了12年。但是长江北岸，金人贼心不死，垂涎着南宋的领土，时刻都有可能冲破防线，毁掉协约。而这时候，南宋主和派占据主流，人人自保，民心涣散，军事薄弱。

要唤起国民麻木的内心是关键。张孝祥给皇帝呈上奏章，强烈给岳飞平反。岳飞冤死，百姓心死，给岳飞平反了，百姓才能看到希望，才能一心抗金。

年轻人的愿望充满了爱国热情。但是岳飞的死，主要的原因是宋高宗，秦桧不过是傀儡罢了。张孝祥这么一说，皇帝当然不高兴了。只不过爱才心切，他并没有做出很大的动作。但还是一纸外任状，把张孝祥调离杭州。

这下子高兴的是秦桧，他可以自由搞鬼，报他的一"考"之仇了。

秦桧马上和曹泳密谋，想出了一个计策——弹劾张孝祥的父亲张祁暗中勾结金人，对朝廷有二心。

于是张祁下狱。张孝祥被牵连，迟迟未能赴任。

很讽刺啊，"莫须有"都成了南宋的标签了。用在谁身上，谁就难以翻身。

庆幸的是，秦桧第二年就死了。要不然啊，张孝祥不知道还会招来多少个"莫须有"的罪名呢。

但即使如此，只要主和派占上风，南宋就看不到希望。

之后的张孝祥，不断变换任地，还反复被闲置。

不过，不管身在何处，张孝祥都表现出一个国之栋梁的能力、担当，每一处都做得很好，得到百姓的高度认可。

张孝祥只活了38岁，除掉中举前的22年，他只有16年的仕途生涯。但就这么短暂的时间，他凭借一颗赤诚之心，凭借过人的人格魅力，获得了老百姓的爱戴。

张孝祥

甚至，皇帝也成了他的粉丝。

张孝祥辞赋厉害，书法也是一流。在一座叫慈云岭的山下，有一个漂亮的湖叫凤凰池。这里游人不少，尤其是皇亲国戚们，每逢假日都喜欢来这里游玩。

池边有一块木碑，碑上是"凤凰池"三个字。那是张孝祥生前亲手题写的，人们视为珍品，于是有人将其镌刻成木牌，立在池边。来游玩的人们，都会来木牌旁欣赏，这里成了必需的打卡之地。

有一天，当朝皇帝宋孝宗的舅子——夏国舅来到湖边。水光山色让他心情大好，于是吩咐随从置备酒菜，端到湖边的亭子里用餐。

这夏国舅是挺嚣张的一个人，处处看人不顺眼。这不，看着看着，他对张孝祥的那块木牌看不顺眼了。

"这谁写的字啊？丑死了！"夏国舅踢了一脚木碑，"来人啊，把这污染凤凰池的木牌拔了！"

然后又大声嚷嚷，让随从拿来笔墨，他要换上自己的字。

众人不敢不办。湖边有一个寺庙，众僧敬重张孝祥，偷偷把木牌用红布包住，保护起来。

过了一段时间，宋孝宗也来凤凰池游玩。

照例来到"打卡地"——咦，见鬼了，那块熟悉的木牌呢？怎么出现在眼前的是不伦不类的另外一块碑，哪个兔崽子如此大胆！

一问，众人才把事情经过告诉宋孝宗。皇帝恼火了，转身找了斧头，亲手把"李鬼木牌"砍成几瓣。

"张大人的木牌呢？"宋孝宗大喝一声。

"皇上，木牌在这呢！"众僧人把红布包着的木牌抬过来，欢天喜地地植上。

这故事据说是野史，但却一点也不夸张。张孝祥的才华人格魅力，展现无遗。

陆 游

伤心的我，爱你如何

在唐宋诗坛上，长寿冠军是 86 岁的贺知章，亚军是南宋 85 岁的陆游。

贺知章生活在大唐盛世，有欣赏他的皇帝罩着宠着，他的 86 岁长河，翻动的是快乐的浪花。而陆游生活在窝囊无能的南宋，他的 85 岁长河，是伤心泪水悲泣而成的。

伤心，是因为太爱的缘故。爱的国，爱的人，都那么让他心碎。

伤心一，谁动了我的科考

1154 年，踌躇满志的陆游参加省试，为下一步最重要的殿试做准备。在此之前，他已经两度落榜。而立之年，陆游的积累更多，文才更加纯青，这次考试志在必得。

在当时，谁都知道陆游只要正常发挥，头名绝对稳稳当当。

阅卷的时候，主考官的心忐忑不安。就在前一天，当朝宰相秦桧找他，敞开了说秦埙是他孙子，这次考试务必头名。想起这些，主考官浑身冷汗。

早在一年前的州试，当时的主考官就已经领教了。那时候，尽管早已知道秦埙的身份,但是考出来的文章,实在看不过眼,这狗屁不通的文章也能头名,我这个考官岂不让天下人耻笑?于是咬咬牙,他把陆游放在第一,秦埙放第二——横竖都能过关。

放榜的时候,秦桧一脸铁青。不过,毕竟仅仅是州试,秦桧没有发飙,但是宰相的不悦,主考官看着着实心惊肉跳。

这次,秦桧再三叮咛之下,主考官心里打定了主意,不管考得怎样,秦埙必定是第一。饭碗要紧啊,说不好还脑袋不保。

然而等到阅卷的时候,主考官一看秦埙的卷子,心立刻哇凉哇凉的——本来定下让他头名的决心,瞬间就动摇了。这么糟糕的文章,要是评为头名,那岂不是侮辱我的智商,让天下人都来唾骂我吗?

主考官最终没能说服自己"糊涂一次",大着胆子把陆游放头名,秦埙还是第二!

结果一出来,秦桧果然大发雷霆,恨不得把主考官给杀了。

秦桧也发现了问题所在——陆游确实太牛啊,光靠主考官恐怕靠不住,谁敢保证下一个主考官又是哪个更难搞的货呢。到了殿试,皇帝老子掺和进来,那就容不得我说话。

一不做二不休,秦桧随便捏造了一些莫须有的罪名,说陆游思想有问题,直接取消他的殿试资格!这是秦桧最擅长的,要搞一个人,容易得很。

这是让人扼腕的黑暗操作!陆游失去了中举的机会,要知道,那一次同期中举的可是群星璀璨——杨万里、范成大、张孝祥、虞允文。设想要是多了陆游,结果不知因此增色多少!

伤心二：谁毁了我的爱情

19岁那年，陆游结婚了，新娘是多才多艺的表妹唐琬。

郎才女貌已经是中国传统婚配的典范了，而唐琬不仅相貌出众，琴棋书画还样样都拿得出手。小夫妻天天诗文唱和，填词作画，过着神仙般的生活。

那时候的陆游，空有一身才气，科举考试却不顺利。这对名门望族的陆家来说实在接受不了，必须得想想办法。

迷信的陆母到处寻访"高人"，终于找到了原因。

一天午后，陆游被母亲叫到花园的小亭，神色凝重。

"男儿当以前程为重，眼下你的科考困难重重啊！"语重心长的母亲大人说了半天的道理后，正色告诉陆游，造成如此局面的罪魁祸首，是唐琬，命里相克！要想扭转局面，唯一的办法，就是休妻。

晴天霹雳！陆游跪着求母亲，千万不要拆散他们。

但是唯父母之命是从的封建社会，根本由不得陆游的哀求——唐琬被迫离开陆家！

可是，离婚后的陆游，运气似乎并没有得到转变。这次科考，又被秦桧算计。

一天，闷闷不乐的陆游独自在沈园瞎逛，一园好景，也无法让他轻松快乐。凭栏处，朦胧中，眼前依稀幻现唐琬的身影。最懂他的人是唐琬，如果她还在身边，情况还会是这样吗？

陆游的泪水瞬间就掉了下来。

想什么，什么就出现！一个转身，迎面就真的遇上了唐琬。

陆游

相对无言，匆匆别过。

不一会儿，唐琬让人给陆游送了点心、酒。

熟悉的点心红酥手，熟悉的黄滕酒，伤心的陆游，将内心的狂潮幻化成沈园墙上的一首词。

红酥手，黄滕酒，满城春色宫墙柳。东风恶，欢情薄。一怀愁绪，几年离索。错、错、错。

春如旧，人空瘦，泪痕红浥鲛绡透。桃花落，闲池阁。山盟虽在，锦书难托。莫、莫、莫！

——陆游《钗头凤·红酥手》

陆游离去后，唐琬也看见了墙上的词，瞬时泪作倾盆雨。这个悲伤的才女，哭着在陆游词的后面和上一首。

世情薄，人情恶，雨送黄昏花易落。晓风干，泪痕残。欲笺心事，独语斜阑。难，难，难！

人成各，今非昨，病魂常似秋千索。角声寒，夜阑珊。怕人寻问，咽泪装欢。瞒，瞒，瞒！

——唐琬《钗头凤·世间薄》

从沈园回来，唐琬郁郁寡欢，一病不起，没多久就离开了人世。

斯人已去，陆游却停不下思念。

七十岁，路经沈园，陆游发现园已易主，不胜唏嘘。

七十五岁，陆游又到沈园，写了两首悼亡诗。

八十岁、八十二岁、八十四岁，陆游依然在诗歌里写到沈园，写到唐琬。

如果活到一百岁，陆游一定还会写沈园，写唐琬。

偷走了爱情，偷不走思念。陆游的感情世界，细腻得让人感动，让人唏嘘。

伤心三：谁抢了我的中原

陆游的爱国热情深厚得很，少人能比。

一首《示儿》，让中国人真切体会诗人的一颗红心。

> 死去元知万事空，但悲不见九州同。
> 王师北定中原日，家祭无忘告乃翁。
>
> ——陆游《示儿》

活着的时候翘首北望，盼望破碎的河山早日统一。临死前还是放不下，叮嘱孩子，等中原回归的时候记得焚香相告。

当年秦桧死后，陆游终于靠熟人的引荐，谋得了一官半职。

过人的才华，让皇帝宋高宗、宋孝宗对他极为欣赏，甚至直接赐了他进士出身。不用考试就获得功名，这样的喜悦对一个读书人来说绝对是一辈子的荣耀。

可是在南宋，任何一个正直的爱国人士，他走的路一定不平坦。如果这个人再执着一点，后果会更加严重。

陆游就是这样的典型。

得到皇帝恩宠，陆游心怀一颗报国之心，尽心尽力。

三天一上表，五天奏一本，陆游有太多的话想跟皇帝说。

一些奸臣开始作梗，皇帝降罪——这是古代诗人遭遇的常见情节。

陆游被贬，而且一贬再贬，甚至一撸到底，免去所有官职。

曾经因为清闲的日子而窃喜过，陆游赋闲在越州老家写的《游山西村》足以证明。

莫笑农家腊酒浑，丰年留客足鸡豚。
山重水复疑无路，柳暗花明又一村。
箫鼓追随春社近，衣冠简朴古风存。
从今若许闲乘月，拄杖无时夜叩门。

——陆游《游山西村》

然而，一个关心国家命运的人，偷闲绝非是他真正的内心。每当夜深人静，想到金兵肆虐，想到不作为的朝廷，陆游心里就止不住的疼痛。

期间，得到爱国名将张浚的赏识，陆游一度又有了职位。后来他给一个叫王炎的将领做幕僚，然而王炎没做多久，被一纸调令召回京城。

陆游又成了无业游民，北伐的雄心壮志被打压。

之后的他，尽管也得到不少高官的欣赏。可是有什么用呢，他们欣赏的，不过是陆游的诗才，根本不关心他的北伐理想。

不得不说，面对朝廷的消极，陆游也曾经有过放弃理想的时候，

甚至想通过堕落来麻醉自己。想不到的是，主和派们趁机抓住他的把柄，给陆游一个"不拘礼法，恃酒颓放"的罪名，削职放还。

"放翁"的号，就是那时候陆游给自己起的。

此后，陆游又再获得皇帝恩宠，然后再次"放翁"，然后再起用，再"放翁"……

78岁那年，在家里待了13年清闲日子的陆游，再次被皇帝召进宫里。给他的任务，是编撰国史。

然后，就退休了。

退休的日子，陆游天天关心朝廷的动态。他最关心的"中原北定"，始终没有在诗人望穿双眼的等待中如约来到。

85岁那年除夕之夜，陆游极不情愿地闭上了眼睛。悲哀的是，"王师北定中原日，家祭无忘告乃翁"的愿望，到了他的儿孙，同样没能实现。

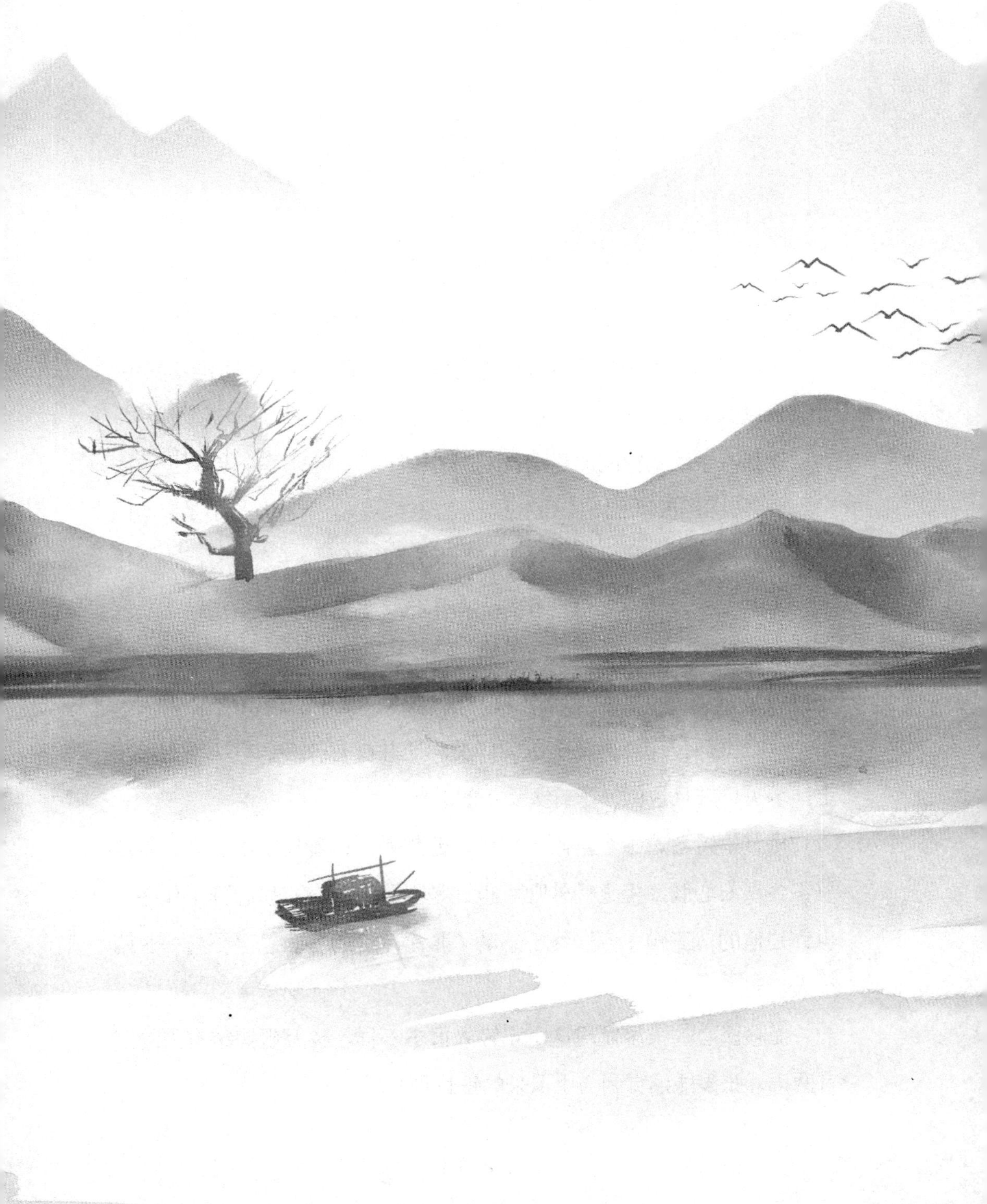

"接天莲叶无穷碧，映日荷花别样红。"这首诗你不可能不熟悉。如果你以为诗主人杨万里只擅长写些风花雪月的东西，那你错了。

这是一个性格很刚的爱国诗人。这个"刚"，贯穿了他传奇的一生。

27岁考中进士，31岁到永州零陵任县丞。这个地方是不是有点眼熟，那是唐代诗人柳宗元待过十年的地方啊。

来到永州，杨万里惊喜获悉，南宋抗金名将张浚被贬居这里！张浚的人格魅力一直为杨万里所敬仰，趁此机会，一定要去拜访他。

但是，当时的张浚情绪低落，心灰意冷。他不想跟陌生人接触。

两次上门，杨万里都吃了闭门羹。他并没有放弃，再次厚着脸皮上门求见，并且也做好了再次受拒的准备。

杨万里特意选了个下雨天登门，他想呢，看着他冒雨前来，张浚总不会铁石心肠，拒之门外吧。也许是杨万里的小心思起到了作用，也许是他的"三顾茅庐"终于感动了张浚冰冷的心。总之，这一次两个人坐到了一起。

促膝谈心，张浚发现这个年轻人很不一样。杨万里铿锵有力的三言两语，张浚能感觉到与生俱来的铁骨丹心。

| 杨万里 |

俩人相见恨晚。

不觉就聊到暮色四起。临别,张浚勉励杨万里,告诉他不管什么时候,当官也好,为学也罢,都一定要遵循"正心诚意"的做人准则。

一番谈心,受益匪浅,杨万里醍醐灌顶。他性格里的那种刚性,在张浚的影响下愈发闪亮。回到住处,提笔就给书房换了个名——"诚斋"!

认识杨万里以后,张浚也便陆续读到了他的"诚斋体作品"。有两首诗尤其让他拍案叫绝,那是著名的《闲居初夏午睡起二绝句》:

其一
梅子留酸软齿牙,芭蕉分绿与窗纱。
日长睡起无情思,闲看儿童捉柳花。
其二
松阴一架半弓苔,偶欲看书又懒开。
戏掬清泉洒蕉叶,儿童误认雨声来。
——杨万里《闲居初夏午睡起》

清新、闲适,充满童趣又充满豁达,真是让人过目不忘。

宋孝宗上位,张浚受到重用,回到朝廷任枢密使。对杨万里这个人才,张浚怎能忽略?于是一纸调令,杨调任临安府教授。

只可惜还没上任呢,就遇上父亲病故,杨万里只好辞职守孝。

3年后回到临安,杨万里一边等待工作安排,一边也不闲着。忙

什么？有人说，杨万里正在拟一份奏章，近期就将上呈皇帝的。

果然，工作还没落实，杨万里著名的《千虑策》就出台了。这篇奏折，说白了就是给朝廷挑刺，专门挑出朝廷存在的不足。

杨万里的举动，在君主制王朝时期来说实在太危险了。往往是奏折还没到皇帝手里，人微言轻的奏折主人就已经被众臣无数双可怕的"火眼金睛"煅烧过一遍。但是很幸运，当时的枢密使虞允文很欣赏这篇奏折，大惊"东南竟有此人物！"值得一提的是，虞允文正是杨万里同一年考上进士的。那一年同期考上的还有范成大、张孝祥——要不是秦桧使坏，陆游也是那一期的考生，甚至有希望考上状元的，可恨的是，他让秦桧早早从殿试的名单里拿掉……

虞允文这个伯乐立刻把杨万里推荐做奉新知县。他相信，这个有如此胆识的"同窗"一定不会让自己失望。

来到奉新，踌躇满志的杨万里发现迎接他的，是税收的烂摊子。这里的税收状况非常糟糕，老百姓不愿意交税，导致府库空虚，财力虚弱，衙役们的俸禄无法发放，常年如此，怨声四起。没办法，一大群不交税的百姓被关起来，可是依旧解决不了问题。

杨万里来到奉新，各方面立刻施加压力，督促他要想尽办法，不能再让糟糕的状况延续下去。

几天后，杨万里做出了一个让所有人惊掉下巴的决定：严禁公差下乡收税，不能扰民，释放所有被关押的纳税人。

再几天后，闹市张贴出欠税的名单，政府要求限期纳税，否则严惩不贷。

这种做法，尽管最后还是要交税，但是先礼后兵的办法让老百姓很受用，深得民心。

令人惊喜的是，不到一个月的时间，欠税就交了十之七八。这在之前可是不敢想的。

杨万里的做法看起来很大胆，其实他深知顺民意的巨大作用，尊重是最好的钥匙。

在当时，杨万里的税收举动轰动朝野。这个人才不得了！虞允文可不想把他放在外面，半年后，果断把他调回京城，担任国子监博士。

杨万里的仕途，在他充满好评的工作中扶摇直上，简直就是启动了直升机的模式。

做漳州、常州太守，不久又做广东常平茶盐公事。当时潮州叛乱很是让朝廷慌乱，来到广东的杨万里，不到一个月的时间就把叛乱平定了。

杨万里的神操作让皇帝龙颜大悦，大赞他有"仁者之勇"，然后再次把他调回京师，给他先后做了尚书右郎、吏部员外郎、吏部郎中。

可是，晋升的步伐仍然没有停止。

宋孝宗觉得这么厉害的人才，一定要拿来教导一下太子赵惇，即使只学到一鳞半爪，也对今后治理天下有帮助。

于是，杨万里又成了东宫伺读。当然，杨万里不辱使命，没有辜负皇恩。

不管朝廷官员还是百姓黎民，没有人不知道他，对他非常敬重。

他的府邸，成了南宋最热闹的，让人向往的地方。门口，永远都是车水马龙；会客厅，永远没有冷清过。慕名而来拜师求学的，络绎不绝。

不可思议的是，当朝宰相王淮也登门拜访，咨询国家大事。

"杨老师，我想问一下，要当好宰相，最关键是什么？"

只有一个答案——人才！人才！还是人才！

王淮一愣，说他当然知道人才重要，可是人才在哪？谁才是人才？

杨万里二话不说，甩出一本小册子。王淮赶紧举到眼前，细细一看，上面整整齐齐写着60个名字，包括朱熹等人，这些名字的后面，标注着性格、才华、德行，适合担任的职位。

天啊，王淮对杨万里简直就是连滚带爬的致谢啊。

回去后，王淮一个不漏，完全按照杨万里所写的，对60个名单进行官职的安排。

这样的神现象，只能发生在杨万里身上。任性吧？

意气风发，春风得意，杨万里于是诗情迸发。你看，送个朋友而已嘛，甩手就是两首诗，而且还是打着送别的幌子，写的却是西湖曼妙的荷花。

其一

出得西湖月尚残，荷花荡里柳行间。

红香世界清凉国，行了南山却北山。

其二

毕竟西湖六月中，风光不与四时同。

接天莲叶无穷碧，映日荷花别样红。

——杨万里《晓出净慈寺送林子方二首》

杨万里

杨万里60岁那年,夏旱非常严重,眼看民不聊生,宋孝宗赶紧召见杨万里。

"皇上,恕我直言……旱灾都两个月之久了,如今才来研究这个事,之前都干吗去了?"看了皇帝一眼,继续说,"研究这事,怎么就微臣和皇上两个呢?不觉得很狭隘吗?"

求皇帝老子当时内心尴尬蔓延的面积。

皇帝没有计较,但不代表他心里爽。后来终于有一次,杨万里随口而出的一句话果然彻底激怒了宋孝宗,被贬出京城。

好在一年后,赵惇即位。那可是杨万里的学生啊,这个宋光宗还是很尊师,立马将杨万里召回京城,予以重任。

伤疤刚好就忘了痛,杨万里又开始任性说话,据说一个月内,他就上了三道奏折,提醒新政的宋光宗要勤政、节俭、果断……

宋光宗对杨万里很信任,不管他提了多少建议都认真去执行。

可是好景不长,宋光宗被韩侂胄逼退,赵扩登基。奸臣韩侂胄等人权倾朝野,只手遮天。

杨万里看在眼里,痛在心头。

皇帝赠予的私家园林落成,韩侂胄请杨万里作记,许诺写成之后,高官之位以待。杨万里很干脆就回绝,说官嘛,不稀罕,要我写文章,没门!

韩侂胄被拒绝的感觉很不好受,他决定跟皇帝说一下,不信治不了你杨万里。

杨万里应该预计到了结局,他干脆辞职,叶落归根,回到吉水老家,从此幽居不出。

皇帝其实很看重杨万里，多次下诏书，让他回朝。心灰意冷的杨万里都不肯，只说自己年老体衰。

他留下来的词作《念奴娇·老夫归去》，算不上经典之作，却是他心态的鲜明写照。

老夫归去，有三径、足可长拖衫袖。一道官衔清彻骨，别有监临主守。主守清风，监临明月，兼管栽花柳。登山临水，作诗三首两首。

休说白日升天，莫夸金印，斗大悬双肘。且说庐陵传盛事，三个闲人眉寿。拣罢军员，归农押录，致政诚斋叟。只愁醉杀，螺江门外私酒。

——杨万里《念奴娇·老夫归去》

辛弃疾

勇猛过人,死前拼命喊"杀贼"

文武双全，影片中经常会塑造这样的一个主角形象。

这样的主角，总不免让人怀疑真实性。毕竟是电影，毕竟是艺术加工。

可是在英雄辈出的南宋，如果把这个朝代看成是一部电影的话，辛弃疾就是那个文武双全的主角——而且表现得再怎么多才，再怎么勇猛都不过分。

是的，他就是一个值得世人钦佩的南宋英雄。

1161年，金人入侵北宋，从此大宋一分为二。被金人统治的中原百姓苦不堪言。

南宋的百姓义愤填膺，各地纷纷出现大大小小的起义军，抗击金人。

21岁的辛弃疾，从小受到祖父爱国情怀的熏陶，对金人的野蛮侵略十分痛恨。他和一个叫义端的和尚朋友也拉了一支队伍，通过游击战来打击金兵。

可是他们的队伍力量实在太弱了。暂时的零敲碎打还行，想要大有作为很不现实。

很快，辛弃疾和义端决定加盟由耿京率领的另一支义军。在当时来说，耿京的队伍人多，实力不错。

然而，义端本来就是个花花和尚，战争的残酷让他心生退缩。他料想到没有南宋朝廷的坚强后盾，义军对金人就是鸡蛋碰石头。

既然如此，何不如趁早跟金人为伍，免得落个惨败的下场。

一不做二不休。趁耿京不备，义端和尚偷了义军的帅印，策马狂奔，投奔到金兵的营帐，邀功请赏去了。

耿京气得脸都绿了。

义端是辛弃疾带来的，你的人做出这样的事，你自己如何证明自己的清白？耿京拔剑怒视，他的内心一定非常后悔，只怪自己太草率，以至于引狼入室。

"……责任在我！"面对耿京的暴跳如雷，辛弃疾拍着胸脯说，"你给我三天时间，要是不拿秃驴脑袋回来，再砍我头也不迟！"

辛弃疾转身，绝尘而去。

在金人的营帐，义端和尚正接受对方的款待，频频举杯。

神人天降！当义端和尚看到辛弃疾骑着高头大马出现在眼前的时候，都还来不及喊一声救命，辛弃疾就已经手起刀落，义端的脑袋应声掉下。

从天降，到速杀，再到捡起人头转身飞驰而去，简直就是光速。金兵甚至都来不及反应，辛弃疾已经消失在茫茫的青纱帐了。

耿京对辛弃疾从怀疑到信任，再到欣赏，全然被他过人的勇猛所折服。有这样一个帮手，他对今后的抗金更有了信心。

然而，毕竟不是太正规的队伍，鱼龙混杂。不久之后再次出

现叛徒，而且这个叫张安国的叛徒做出致命的举动——暗杀耿京！

那时候，南宋正规军正和义军商量整合的事，辛弃疾刚好到了临安。从那里回来，听到耿京被杀的噩耗，肝胆欲裂。

绝不能放过叛徒！辛弃疾赶紧招呼50名精兵，带着他们连夜直奔金兵营帐。

又是神不知鬼不觉，辛弃疾突然出现在举杯狂饮的张安国面前，没等他做出反应，就已经被老鹰抓小鸡一般的，拎到马背上，转身飞驰离开……

等到反应过来，金兵50万人马急忙追击。无奈辛弃疾人少马快，根本追不上。

500000人搞不过50人！辛弃疾的神话开始书写——武艺高强，天不怕地不怕！

宋孝宗上位，他给亿万子民带来了收复中原的希望。

登基之日，面对文武百官，宋孝宗的慷慨陈词引来山呼海啸的回应："收拾河山，统一南北！"

当时被前任皇帝宋高宗任命做江阴签判的辛弃疾，内心是何等兴奋。他渴望有朝一日，自己也能披挂上阵，为收复中原不遗余力。

一个月后，著名大将张浚被委于重任，担任几十万大军的统帅，在宿州和金人决战。

愿望何等丰满！现实又何等骨感！宋孝宗的凌云壮志并没有给战斗带来好运。

金兵训练有素，非常善战，尽管张浚身先士卒，将士们也英勇作战，百姓们也在后方给予了鼎力支持，南宋军队还是避免不了溃败。

几十万人，只生还了千余人。

残酷的战果把雄心勃勃的宋孝宗给吓瘫了。原来金人真的这么厉害，这可不行啊，再这样下去，说不定哪天金人就攻破临安，到时别说当什么皇帝，只怕真的是"临安"，南宋就到头了。

从那时候起，这个皇帝只字不再谈什么抗金。他觉得还是和以前那样"安分守己"吧，守得一隅平安，或许才是南宋的宿命。

辛弃疾却急了，他没想到这个皇帝如此窝囊，一点打击就被吓尿。这样下去，收复中原的复兴梦只能是泡影。

心潮澎湃，气愤难平。辛弃疾写下著名的《美芹十论》，分析军事大形势，分析失败的原因，提出改进的措施建议。所有一切，都是为了让宋军重拾信心，再度出发，早日收拾旧河山。

只是等来的，并没有宋孝宗的第二次慷慨陈词，而是淡然一笑，云淡风轻。好像辛弃疾所写的，只是一个周末郊游活动策划……

然后，官期满，辛弃疾又做了一个通判的官。

然而，让一个内心如火的人来做无关紧要的官，他很痛苦，也很焦急。

千里渥洼种，名动帝王家。金銮当日奏草，落笔万龙蛇。带得无边春下，等待江山都老，教看鬓方鸦。莫管钱流地，且拟醉黄花。

唤双成，歌弄玉，舞绿华。一觞为饮千岁，江海吸流霞。

闻道清都帝所，要挽银河仙浪，西北洗胡沙。回首日边去，云里认飞车。

——辛弃疾《水调歌头·寿赵漕介庵》

一句"等待江山都老"，写出了词人冷彻骨髓的无奈。

在建康城，辛弃疾登临远眺，惆怅无边。

楚天千里清秋，水随天去秋无际。遥岑远目，献愁供恨，玉簪螺髻。落日楼头，断鸿声里，江南游子。把吴钩看了，栏杆拍遍，无人会，登临意。

休说鲈鱼堪脍，尽西风，季鹰归未？求田问舍，怕应羞见，刘郎才气。可惜流年，忧愁风雨，树犹如此！倩何人唤取，红巾翠袖，揾英雄泪！

——辛弃疾《水龙吟·登建康赏心亭》

大量豪迈的词作，在朝廷引起了很大的轰动。皇帝欣赏他，朝廷想重用他。但和北伐无关。

尽管如此，辛弃疾从政的能力，也和他的词作一样，每到一处都好评如潮。

也正应了那句老话"能者多劳"。此后十来年的时间，辛弃疾不断地被调遣，任职时间多的一年，少的两个月。有统计说，他一生中曾经做过40多个岗位的官。如此，在宋代恐怕也是绝无仅有的。

但不管走过多少路，做过多少官，只要一天不在北伐的路上，辛弃疾就有说不出的寂寞。

也许是有所暗喻，也许是想象，也许是重重失落后的迷失，那一年元宵佳节，辛弃疾一首跟北伐无关的《青玉案·元夕》到处传唱。

东风夜放花千树，更吹落、星如雨。宝马雕车香满路。凤箫声动，玉壶光转，一夜鱼龙舞。

蛾儿雪柳黄金缕，笑语盈盈暗香去。众里寻他千百度，蓦然回首，那人却在，灯火阑珊处。

——辛弃疾《青玉案·元夕》

1181年，41岁的辛弃疾被投降派弹劾，回江西老家蛰居。

无官一身轻，田园生活又激起了他崭新题材的创作。

茅檐低小，溪上青青草。

醉里吴音相媚好，白发谁家翁媪。

大儿锄豆溪东，中儿正织鸡笼，

最喜小儿亡赖，溪头卧剥莲蓬。

——辛弃疾《清平乐·村居》

这是小学语文课本上的作品，完全是田夫野老的角度，透着浓厚的乡土清新气息。

然而一个心怀爱国情愫的人，他真的能做个没有欲望的隐士吗？当然不能！辛弃疾就是辛弃疾，那个和陆游一样，始终不忘国耻的爱国词人。

少年不识愁滋味，爱上层楼。爱上层楼，为赋新词强说愁。

而今识尽愁滋味，欲说还休。欲说还休，却道天凉好个秋。

——辛弃疾《丑奴儿·书博山道中壁》

之后，辛弃疾被重用，又因谗言被贬。多年后又重用，又被贬。

到韩侂胄做宰相的时候，63岁的辛弃疾又得到重用。可惜最终因为和宰相意见不合，还是被贬……

韩侂胄因不听辛弃疾意见付出代价后，朝廷连续三次要重用老辛，给出的官职，一次比一次大。不过，心灰意冷，而且心衰体弱的辛弃疾都辞谢了。

皇帝没有死心，他觉得有这个忠心耿耿的老臣在，南宋的江山就不用太担忧。于是，第四次任命的圣旨又下来了。

这一次的官职，是枢密院都承旨，那是相当于副宰相的官职呢。

等到钦差日夜兼程，带着圣旨一路狂奔，赶到辛弃疾所在的铅山时，68岁的辛弃疾已经病入膏肓，处在弥留之际了。

等到钦差分开辛弃疾门口聚集的百姓，来到他窗前的时候，也许是有意留给皇帝的遗言，也许是日思夜想的话，辛弃疾用尽最后的一点力气，睁着空洞的眼睛，嘶哑着喊出最后一句话："杀贼……"

一个伟大的词人，一个壮志未酬的爱国志士，辛弃疾就这样不情愿地闭上了自己的眼睛。他深深爱着的大宋，最后不仅不能如他所愿实现统一，而且还让元人的铁蹄踏破金国，继而踏破南宋……

一声叹息！

文天祥

致敬！南宋最后的勇士

明星火不起来——改名！店铺红火不起来——改名！生活中，遇到不顺就改名的现象并不少见。唉，要说名字啊，就是一个代号，生活不顺不应该反思过往吗？可是你可能不知道，文天祥当年考中状元，凭的不只是文才，起到大作用的，居然就是他老爸随随便便起的，也许连他自己都嫌土得掉渣的名字。

1236 年，文天祥在江西吉安出生。

小小年纪，文天祥就表现出了难得的天分，以及同龄人少有的沉稳。

10 岁那年，跟着大人在乡祠祭拜，看到欧阳修、杨邦义等人的塑像，很好奇，后来听老人们讲起这些人物的事迹，非常佩服。

于是，没事的时候，天天去乡祠，瞻仰塑像。

母亲问他，以后打算做什么？文天祥没有像别家孩子响亮地说做发明家之类的，他是这么回答的：我要像立在乡祠里的先贤们那样，等做出贡献之后，到以后也被做成塑像，让世人敬仰。

母亲赶紧捂住他的嘴。孩子的志向没有问题，但是那么大的小屁孩，就想着被做成塑像，不吉利！

只是母亲并没有想到，就是她的儿子文天祥，不仅多年后真的被制成塑像，而且早就不仅限于立在乡祠，全国到处都是。更重要的是，这个响亮的名字，一千多年来一直都是树立在中国人心目中的丰碑。

有了志向，文天祥不缺的是努力。这个从小就有点早熟的娃，相信天道酬勤，坚信努力会有收获。

1256年，文天祥迎来了科举大考。

过关斩将，20岁的小文闯进"决赛"——殿试。

考试那天，母亲准备了丰厚的祭品，来到乡祠供奉，祈求孩子敬仰的先人们保佑他高中。

原谅一个母亲的举动吧，自古至今，望子成龙莫不如此。

可是文妈妈的喃喃自语，竟然真的灵验了！不久之后，文天祥成为新科状元！

文天祥自己呢，即使没有孟郊"一日看尽长安花"的狂喜，但是能中状元，他也是断断不敢想啊。

当主考官王应麟将文天祥洋洋洒洒的万字文呈送到宋理宗手上时，他是这样评价这份考卷的：此文以史为鉴，论事切直，有古人忠义之风。

可是文章尚未细看，宋理宗先被考生的名字吸引住了。"文天祥，天——祥……"皇帝的心里不由自主地重复着这个名字，越是重复，心越是激动不已。

"难道真是天意吗？天祥，天祥，天之祥，宋之瑞，我大宋，看来是转运的节奏啊！"越想越不能自已，宋理宗把其他考卷丢到一边，他觉得这个文天祥的出现，绝对是大宋的缘分。

没等主考官发表意见，宋理宗就决定将文天祥定为状元。同时，给他赐了一个名——让文天祥把原来的字改成"宋瑞"。

宋理宗坚信，这个新科状元，一定能给大宋带来好运。日暮西山的南宋，已经被远道而来的蒙古铁蹄震得头皮发麻、胆战心惊。文天祥的出现，宋理宗视为是上天派来拯救南宋的吉人，视为汪洋绝境中的一艘船。

因为名字而被定为状元，恐怕是中国科举考试历史上独一无二的。

对文天祥来说是幸运的。就文才而言，列为状元恐怕也没人不服，但这样的录取理由，的确匪夷所思，前所未有。

文天祥成为状元3年后，不管宋理宗如何迷信"天祥"，蒙古铁骑还是轰隆隆的，逼到了中原。

靖康之变，宋高宗赵构采取的是逃跑方案，即使被金人"排山检海"，意欲赶尽杀绝。但是皇天保佑，最终仍是胜利大逃亡。

而今，更大的灾难来了，是不是发扬祖上传统，继续逃？受重用的大太监董宋臣语重心长："皇上，迁都吧，不能硬拼，咱拼不过。"

面对横扫欧亚大陆的蒙古大军，弱不禁风的南宋要死磕对方，当然是鸡蛋碰石头。而南宋的经历，让宋理宗也生出一些幻想——先寻找一时之安，再像以前对金国那样，割地，送钱送物，怎么样也能安逸几十年吧。

文天祥跳出来，反对迁都，觉得这样只能加速亡国。同时，对这些误国的太监奸臣非常反感，请求斩杀奸臣，以稳定人心。

但是独揽大权的董宋臣面前，文天祥的愤怒犹如汪洋中冒出来的一个小水泡，没人理会。

文天祥气得很，心想这里没有我说话的机会，我走！

于是辞官，回了江西老家。

不过，宋理宗可没忘记考场上看中文天祥的"吉祥之气"，他坚信自己的判断。在打了几场败仗之后，他果断把文天祥召回，恢复公职，升了官。

但是另一方面，董宋臣更加如日中天，成为太监首领，皇帝极为倚重。

文天祥还是不可忍受，又上书请奏，希望皇帝削去董宋臣官职，以免太监专权，内官误国。

意料之中，文天祥的声音没有得到皇帝的回声。

而结果，文天祥定会受到打击报复。

果然，37岁那年，文天祥被谏官弹劾，不断外放，降职。他对朝廷失望透顶，于是办理提前退休手续，壮年之身，闲居吉安老家。

而就在那时候，襄阳告急。可是宰相贾似道充耳不闻，只顾寻欢作乐。一直到襄阳被元军围困3年，朝廷才终于知悉。

何等荒唐的朝廷！听说此事，文天祥只能长叹数声，感慨皇帝过于混沌。

失去了才觉得珍贵，皇帝一定知道文天祥离开后，朝廷能用的人实在不多。

又过了一年，4岁的新皇帝赵显即位。而这个时候，蒙古人进逼的力度加强，宋军一退再退，很快就有几座城池沦陷。

朝廷急了，紧急调配各地兵力。可是，南宋人心涣散，多年的主和政策，早就削弱了南宋人的斗志。以前，钱能解决问题，而今不能了，

国家危在旦夕。

可是手握重兵的将领，这时候却没有动静。国难当前，这样的状况太可怕了。

带兵打仗是武将的事，文天祥是个文官，但是这时候他憋不住了，第一个响应。

文天祥变卖所有家产，军费不足怎么打仗？而在他的带动之下，终于逐渐有人响应了，几天时间召集了上万人。

朝廷大喜过望，让文天祥火速驰援。

想想就悲哀。一个没有打仗经验的文官，只是凭借一身热血，就带一群各种职业的百姓奔赴战场。

有朋友劝他不要冲动，专业的人做专业的事，否则后果很严重。但是文天祥拍着胸脯，朗然大笑："自不量力又如何？就算我以身殉国，但如果因此唤起很多人的斗志，都来为报国出力，我死也值得！"

元军攻下常州。危急关头，宰相陈宜中、留梦炎弃城而逃。

没办法了。文天祥临危受命，做宰相，统领军政事务。历史的潮头，不可思议地把他推到了战争的前线。

奄奄一息的南宋，面对的是越来越近，不到三十里的蒙古大军。

强拼，鸡蛋碰石头，没有半点胜算。

文天祥愁白了头，他打算仿照战国策士，到元军那里去游说，希望能让元军退兵。

但是很难啊。实力太悬殊，根本没有商量的余地，尽管文天祥口才棒棒的。接见他的蒙古宰相巴彦不愿意啰唆，举着刀大怒，声称"我可以马上杀掉你！"

| 文天祥 |

想不到文天祥更牛，他呵呵一笑："我状元出身，又是宰相，功名富贵一样都不差。和先贤们相比，我只差了个以死报国。我还怕什么？"

巴彦气急败坏，扣留了文天祥，然后一边加紧攻打临安。很快，小皇帝被逼退位，太后写了降书。

文天祥大哭，唯一的精神支柱没了，还活着干吗？于是打算自杀殉国。不过有人提醒他，说小皇帝还有两个弟弟呢，都在福建躲着。文天祥又多了一点希望，于是改变主意。

命大的文天祥，在押解到燕京的途中，在镇江成功逃脱。

赵昰即位，朝廷拜文天祥为右相。没多久，赵昰病故，7岁的赵昺继位。南宋的气息，进入了倒计时。

文天祥继续抗元，和元军打游击战。可是没多久，寡不敌众的文天祥被抓了，本来服了冰片自杀，谁知道竟然没事。他被押到蒙古营帐。

元将张弘范让文天祥给保护赵昺的张世杰、陆秀夫写信，让他们投降。

"拿笔来！"文天祥取过笔，大笔一挥，竟写下了自己之前的一首七律《过零丁洋》：

　　辛苦遭逢起一经，干戈寥落四周星。
　　山河破碎风飘絮，身世浮沉雨打萍。
　　惶恐滩头说惶恐，零丁洋里叹零丁。
　　人生自古谁无死，留取丹心照汗青。

——文天祥《过零丁洋》

张弘范没办法说服文天祥，却对他的浩然正气愈加敬重。

几乎与此同时，陆秀夫背着幼主跳海。

南宋宣告灭亡。

张弘范在元朝的庆功宴上，特意让文天祥坐首席。这样的忠臣太难得了，如果争取他为元朝效劳，那也是万幸。可是无论如何，就算许诺给他做宰相，文天祥都不为所动。

文天祥大哭："身为臣子，不能拯救国家，已是罪孽深重，岂敢再生二心？"

把文天祥押到燕京后，元军不死心，仍然想方设法让他归顺。投降的宰相留梦炎前来诱降，让他一顿臭骂。

幽禁4年，文天祥一如既往，不为所动。

1282年，元世祖亲自召见文天祥，最后一次劝降。

但是，文天祥轻蔑一笑："忠臣不事二主！"

再也没有耐心的元世祖下令处死文天祥。

十二月初九，文天祥坦然赴死。心死了，身死又算得了什么？

那一年，他47岁。

而他深爱的南宋，已经灭亡了三年多。

后　记

这两年，因为每一期的"诗词童话"得到了很多读者的喜欢。窃喜之余，一整理才发现，我写的还不少。

而在不断地学习中，也发现像我这样写"诗词童话"题材的，已经大有人在，很多都是非常专业的——我只能算是一个小跟班吧。

有人说我谦虚了，不能说小跟班，多卑微啊。哈哈，有什么卑微呢，我们都是"玩"诗词的人，虽然我们彼此都不认识，但不约而同地，都受到彼此的影响——或多或少吧。

在这一条路上，我们就像一群玩耍的顽童，都在玩着同样的游戏。

也许我们都不认识，也许有一天我们也会有所交集，但有什么重要呢？不管怎么样，我们都在老祖宗的功劳簿上，或者感叹着，或者赞叹着，或者叹息着，或者叹服着。

因为我们都在诗词的氤氲中长大。诗词的养分，在我们的血脉中流淌。

我们都是中国诗词文化的传承者——把自己知道的，通过自己的手来告诉我们的后辈。

这样的角色，是不是也很让自己佩服自己呢？

整理完这部书稿，有如释重负的感觉。

从前年开始，就不断有读者询问出书的事。

曾经很兴奋，觉得出书啊，多好的事，有人喜欢，有人期待，这就告诉我那是一个正确的决定。

可是，平静下来之后，又觉得出书这么严肃的事，怎么说出就出呢？把稿件整理出来了，看着有点神圣，又带有程度不小的忐忑——诗人们尽管早就逝去，他们的人生因为诗歌而让我们记着。可是围绕着诗歌的，又是他们的悲欢离合。所有的感叹、欢笑和眼泪，有的是通过诗人的作品或其他材料获悉，或是通过后辈的研究整理出来的，有的甚至是猜测而成——究竟，我们看到的诗人故事，有多少真实的成分？谁敢说呢！

我是记者，我多么希望能以记者的身份，穿越时空去采访到这些诗人们。这当然不可能，我只是想表达一种职业的愿望：尽可能真实还原诗人真实的故事。

我知道太难了，毕竟我们相隔一千多年的时光。

沧海一粟的文字，表达出我对诗人们的敬意。记下自己的感受，希望也能让你舒服。